野外《やがい》で　あそぼう!

かくれんぼ
ニャン太《た》
ニャン助《すけ》
と
を
さがそう!
もう いいかい〜い!!
かんけり
カーーン
わ〜い!
ぼうたおし
ニャッ!
カチーン…
ケンパッ
ケンパッ
ケンケンパッ!
こおりおに
ピシィ…
タッチ!
だるまさ
ころん
だるまさんが… ころんだ!!
ピタッ
ほんとうに こおらせないで!

怪談 オウマガドキ学園《がくえん》

妖怪《ようかい》たちの林間学校《りんかんがっこう》

「キャッチボール」

怪談オウマガドキ学園編集委員会

責任編集・常光徹　絵・村田桃香 かとうくみこ 山﨑克己

どこかにあるけど
どこだかわからない
この世《よ》とあの世《よ》の
さかいめあたり

昼《ひる》と夜《よる》とがまじりあう
オウマガドキは
ふしぎの時間《じかん》

とびらがひらけば
そこが入《い》り口《ぐち》
クラスメートは
オバケと幽霊《ゆうれい》と妖怪《ようかい》と……

さあ、もうすぐ授業《じゅぎょう》がはじまるよ

オウマガドキ学園

「妖《よう》怪《かい》たちの林《りん》間《かん》学《がっ》校《こう》」の時《じ》間《かん》割《わり》

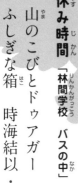

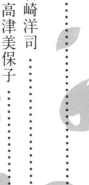

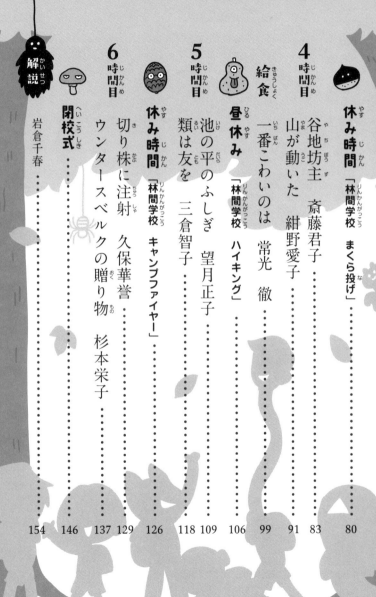

開《かい》校《こう》式《しき》
あわてず ゆっくりのろうね
はやく のって！
まじょ子《こ》ちゃん ほうきもっていくの？

♪山《やま》は高《たか》いな　大《おお》きいな
　雲《くも》がわいたり　流《なが》れたり
バスの中《なか》は楽《たの》しい歌声《うたごえ》でもりあがっている。

「みなさーん、もうすぐつきますよ。わすれもののないように準備《じゅんび》をしてください」

妖怪《ようかい》バスのガイドさんの声《こえ》が流《なが》れた。

「ポン太《た》、ついたぞ。おきろ」

人面犬助《じんめんけんすけ》がタヌキのポン太《た》の肩《かた》をたたいた。

「えっ、もうついたの。はやいな」

「なにいってるんだ、ポン太《た》はほとんどねてたじゃないか」

みんな、どっと笑《わら》った。

バスをおりると、目《め》の前《まえ》には雄大《ゆうだい》な東《ひがし》アルプスの山《やま》なみが広《ひろ》がっている。

「わぁー、気持《きも》ちいいー」

さわやかな風《かぜ》をうけて、トイレの花子《はなこ》が声《こえ》をあげた。

さぁ、二泊三日《はくみっか》の林間学校《りんかんがっこう》のはじまりだ。荷物《にもつ》をもったまま、オウマガ山荘《さんそう》の庭《にわ》で開校式《かいこうしき》がはじまった。

校長先生《こうちょうせんせい》の話《はなし》が終《お》わると、鬼丸金棒先生《おにまるかなぼうせんせい》から三日間《みっかかん》の生活《せいかつ》について注意《ちゅうい》があった。

「これからの予定《よてい》を話《はな》しておく。今日《きょう》は、食後《しょくご》にきもだめしをやるから、

風《かぜ》つよ〜い
やまのぼり
ニャン子

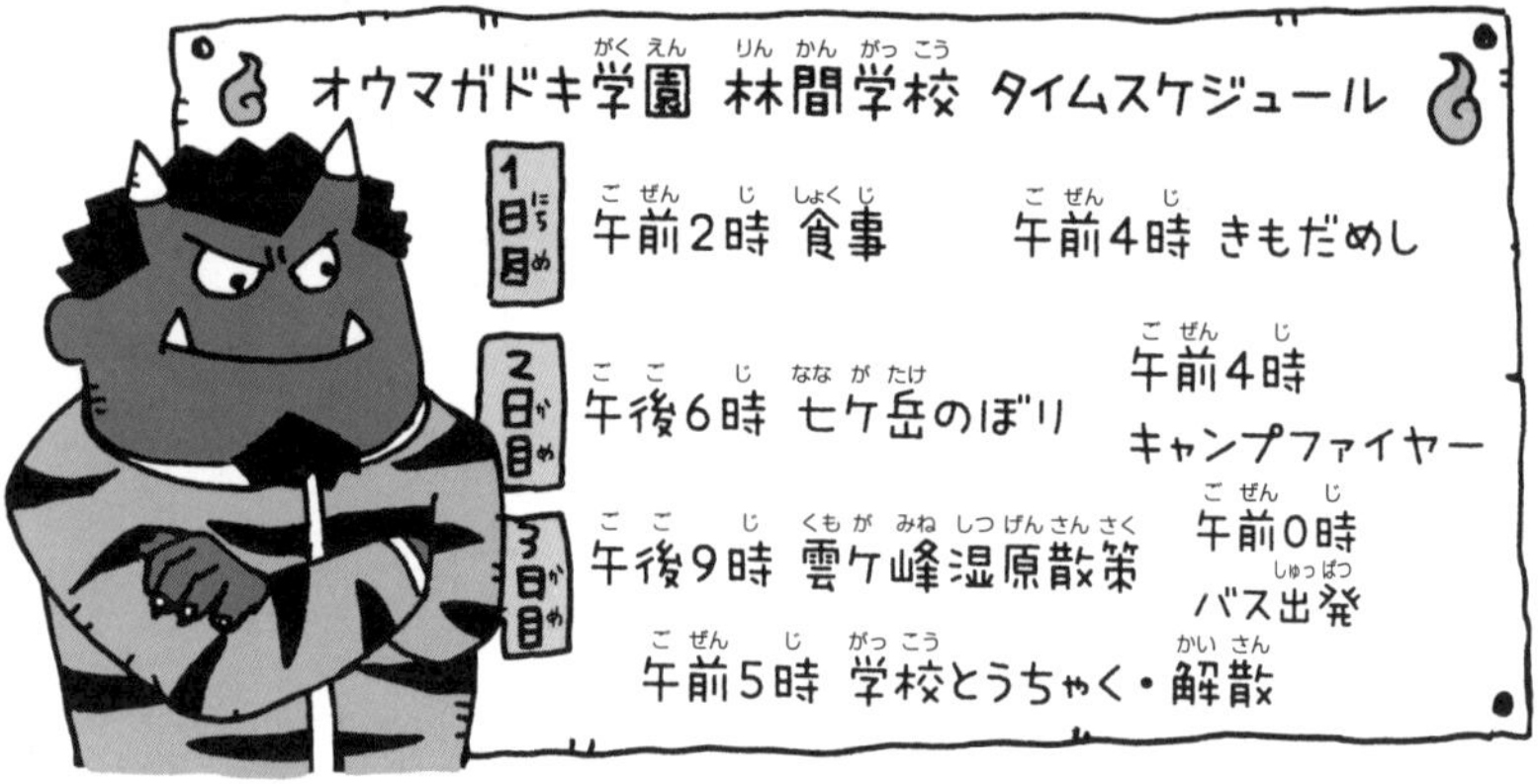

参加者《さんかしゃ》はこの庭《にわ》にあつまること。あしたはいつもよりはやくおきて、夕方《ゆうがた》から全員《ぜんいん》で七ケ岳《ななかだけ》にのぼり、明《あ》け方《がた》はキャンプファイヤーをする。三日目《みっかめ》は、雲ケ峰《くもがみね》湿原《しつげん》を散策《さんさく》したあと、帰《かえ》りのバスは夜中《よなか》の〇時《じ》に出発《しゅっぱつ》の予定《よてい》だ。山《やま》の天気《てんき》はかわりやすい。ぜったいに勝手《かって》な行動《こうどう》をしないこと。体調《たいちょう》の悪《わる》いときは口《くち》さけ女先生《おんなせんせい》に相談《そうだん》をするように。なにか、質問《しつもん》はあるか？」

「先生《せんせい》、きもだめしって、なにをやるのですか」

河童《かっぱ》の一平《いっぺい》が質問《しつもん》をした。

「きもだめしについては、天狗小太郎先生《てんぐこたろうせんせい》が計画《けいかく》をしてくれている。ちょっと聞《き》いてみよう」

鬼丸先生《おにまるせんせい》はハンドマイクを小太郎先生《こたろうせんせい》にわたした。

「くわしいことは、きもだめしのときに話《はな》すが、いま、すこしだけ教《おし》えよう」

みんな、息《いき》をのんで先生《せんせい》のほうを見《み》た。

「ここから、すこし山道《やまみち》をのぼったところに、お寺《てら》がある。といってもいまはだれも住《す》んでいない。荒《あ》れ寺《でら》だ。そこにひとりずつ行《い》って、あるものをもってくるのだ」

「あるものって、なんですか」

「いまはいえない。参加者《さんかしゃ》がいなくなるとこまるからな」

「もって帰《かえ》るだけでいいのですか。かんたんですね」

バクのクースケが、にこにこしながらいった。

「去年《きょねん》もそんなことをいった生徒《せいと》がいたな。しかし、寺《てら》から帰《かえ》ると口《くち》もきけないほど青《あお》ざめてふるえていたぞ」

そういって、小太郎先生《こたろうせんせい》はニタリと笑《わら》った。

林間学校《りんかんがっこう》 オウマガ山荘《さんそう》の見《み》取《と》り図《ず》
トイレ
入り口
水道場《すいどうば》
男子《だんし》の部屋《へや》
女子《じょし》の部屋《へや》
先生《せんせい》の部屋《へや》
物置《ものおき》
管理人《かんりにん》の部屋《へや》
山荘管理人《さんそうかんりにん》
初代天狗校長夫婦《しょだいてんぐこうちょうふうふ》
ここで2泊3日《はくみっか》
安全《あんぜん》に楽《たの》しく
すごしましょ~
ホッホッホ~

オウマガドキ学園《がくえん》で
教《おし》えてくれる

先《せん》生《せい》紹《しょう》介《かい》

ほめるといつまでもおどりつづける

初《しょ》代《だい》天《てん》狗《ぐ》校《こう》長《ちょう》

1000歳《さい》をこえる天狗一族《てんぐいちぞく》の長老《ちょうろう》のひとりで、学《がく》園《えん》のことならなんでもしっている。わかいころは、まじめできびしく威厳《いげん》のある先生《せんせい》としてゆうめいだったが、いまは別人《べつじん》のように陽気《ようき》でやさしい。月夜《つきよ》の晩《ばん》に、校庭《こうてい》で妖怪音頭《ようかいおんど》を歌《うた》いながらおどっていたりする。

わかいときはこわかったらしい…

ゆかいで楽《たの》しい
オウマガドキ学園《がくえん》の

生《せい》徒《と》紹《しょう》介《かい》

天狗《てんぐ》くん

頭《あたま》がよくて運動《うんどう》もとくいで、たよりになる生徒《せいと》。うちわをつかって風《かぜ》にのり、空《そら》をとぶこともできる。でも、とぶ方向《ほうこう》は風《かぜ》まかせで思《おも》いどおりにとべないらしい。天狗《てんぐ》小太郎先生《こたろうせんせい》はおじさんにあたる。

笑《わら》い女《おんな》ケタ子《こ》

はきはきよくしゃべるが、どんどん大声《おおごえ》になるので、ちょっとうるさい。よく山《やま》で発声練習《はっせいれんしゅう》をして、のどをきたえている。ケタ子《こ》が大声《おおごえ》で笑《わら》っているとき、つられていっしょに笑《わら》ってしまうと、あとでどっとつかれがでる。

1 時《じ》間《かん》目《め》

山《やま》小《ご》屋《や》の夜《よる》

小沢清子《おざわきよこ》

五月《がつ》の連休《れんきゅう》に、友紀《ともき》はおじの和《かず》さんと、G岳《ジーたけ》にのぼった。

山頂《さんちょう》につくまでは、順調《じゅんちょう》だった。ところが帰《かえ》りに道《みち》にまよってしまった。その上《うえ》、空《そら》がきゅうにくもってきて、つめたい風《かぜ》がふきはじめた。

どこをどうまちがえたのか、もとの道《みち》へもどろうとしてももどれない。

そのうち雨《あめ》がふってきた。

ふたりともずぶぬれで、道《みち》をさがしていると、日《ひ》がくれかけたころ、

一軒《けん》の小屋《こや》を見《み》つけた。

「とりあえず、ここで雨《あま》やどりだ」

和《かず》さんが、小屋《こや》の戸《と》をあけた。ムッとあたたかい空気《くうき》とともに、薪《まき》をたくけむりのにおいがした。

ひとつきりの板《いた》の間《ま》には、わらむしろがしきつめてある。真《ま》ん中《なか》にはいろりがあって、男《おとこ》の人《ひと》が火《ひ》をたいていた。和《かず》さんが、

「こんにちは、おじゃまします」

と頭《あたま》をさげると、男《おとこ》の人《ひと》はニコッと笑《わら》った。

「やあ、ふられたね。山《やま》の天気《てんき》はわからんよ」

その人《ひと》は、佐田《さた》さんという人《ひと》だった。

わかいころから三十年《ねん》も、ひとりで山《やま》のぼりをしていて、今回《こんかい》も、三泊四日《ぱくよっか》の予定《よてい》で、三《みっ》つの山《やま》を歩《ある》くそうだ。この小屋《こや》には、以前《いぜん》も泊《と》まっているという。営林署《えいりんしょ》の小屋《こや》で登山者《とざんしゃ》が泊《と》まってもよいのだと、教《おし》えてくれた。

和《かず》さんはすぐにケータイで友紀《ともき》の母《はは》に、雨《あめ》がやまなければ、小屋《こや》に泊《と》まると連絡《れんらく》した。

小屋《こや》のすみには、薪《まき》がたくさんつんである。

かべの棚《たな》には、毛布《もうふ》が何枚《なんまい》もたたんでかさねてあり、その横《よこ》には、水《みず》の入《はい》った大《おお》きなペットボトルや、段《だん》ボール箱《ばこ》がおいてあった。

外《そと》の雨《あめ》と風《かぜ》はますますひどくなって、ヒューッとうなる風《かぜ》が、横《よこ》なぐりの雨《あめ》を小屋《こや》に、バシャバシャとたたきつけている。

友紀《ともき》と和《かず》さんは、ぬれた服《ふく》をいろりでかわかしながら、リュックにのこっていたクラッカーとチーズをわけあって食《た》べた。

友紀《ともき》は食《た》べ終《お》わると、体《からだ》があたたまってきて、うとうとと、いねむりをはじめた。

「今夜《こんや》はここに泊《と》まるから、ねてもいいよ」

和《かず》さんは友紀《ともき》を、毛布《もうふ》でくるんでくれた。

どのくらいねむったろう。ゴォーッとふきつける風《かぜ》と、バリバリバリッ、ザーッ、ドッシーンという音《おと》で、友紀《ともき》は目《め》をさました。小屋《こや》がミシミシゆれていて、あたりはまっくらだ。友紀《ともき》は和《かず》さんを、手《て》さぐりでさがした。

「和《かず》さんどこ？　小屋《こや》がこわれるよ、こわい」

「だいじょうぶだよ。風《かぜ》で木《き》がたおれたんだろう」

和《かず》さんはとなりにいた。和《かず》さんのとなりで佐田《さた》さんが、電池《でんち》のランプをつけてくれた。

そのときだ。ゴォーッ、ヒューッと、小屋《こや》をめぐる風《かぜ》の音《おと》と、滝《たき》のようにふる雨《あめ》の中《なか》で、入《い》り口《ぐち》の戸《と》がガタガタとなった。そのとたん、

ああっー、あけてくれーっ、いれて、くれーっ

……は、ここだ。みつけて、くれっ、ああ
という声《こえ》がひびいてきた。声《こえ》はすすり泣《な》くように悲《かな》しげで、高《たか》くなり低《ひく》くなりして、風《かぜ》と雨《あめ》の音《おと》にかきけされて、とぎれとぎれに聞《き》こえてくる。

それは戸口《とぐち》の外《そと》から聞《き》こえたり、まどの板戸《いたど》のあたりから聞《き》こえたり、屋根《やね》の上《うえ》から泣《な》きさけんでいるようにも思《おも》えた。友紀《ともき》が、

「和《かず》さん、だれか外《そと》にいるよ」

「木《き》の枝《えだ》が風《かぜ》にふかれて、ひめいをあげてるんだ」

するとまた、ゴォーッと風《かぜ》がふいてきて、
ああ、ああ、はやく、いえ、に……

かえして、くれーっ、ああ、いえにぃー

ゴ〜オ〜ッ
かえしてくれ〜

「やっぱりだれかいる……あけてあげよう」

友紀《ともき》が立《た》ちあがると、佐田《さた》さんがとめた。

「待《ま》って！　ほら、よく聞《き》いてごらん。あの声《こえ》は、風《かぜ》が小屋《こや》にぶつかるときだけ、聞《き》こえるだろ？　あの声《こえ》が、ほんとに人《ひと》なら、風《かぜ》がとぎれてしずかになったときに、戸《と》をたたいてよぶはずだよ」

友紀《ともき》がじっと聞《き》いていると、声《こえ》はたしかに、風《かぜ》がゴオーッとふくときや、うなるときに風《かぜ》にのって聞《き》こえてくる。一瞬風《いっしゅんかぜ》がやむと聞《き》こえない。

「ほんとだ……。でも、どうして？」

「あの声《こえ》は、生《い》きている人《ひと》の声《こえ》じゃあないんだよ」

「えっ……じゃあ、なんの声《こえ》？」

「この山《やま》で行方不明《ゆくえふめい》になった人《ひと》や、遭難《そうなん》して亡《な》くなった人《ひと》たちの霊魂《れいこん》の声《こえ》なんだ。山《やま》がひどく荒《あ》れるこんな夜《よる》には、ねむっている死者《ししゃ》の霊魂《れいこん》が目《め》をさまして、さわぐことがあるんだ。はやく見《み》つけてくれ、家《いえ》に帰《かえ》してくれってね」

「行方不明《ゆくえふめい》になった人《ひと》、見《み》つけられないの？」

「むずかしいな。岩《いわ》と岩《いわ》のせまいさけ目《め》から、何《なん》百メートルも下《した》におちた人《ひと》は、助《たす》けたくても助《たす》けられないだろ？　冬山《ふゆやま》で雪崩《なだれ》がおきると、雪《ゆき》が地面《じめん》の土《つち》をけずって、山《やま》のかたちがかわるほど、くずれてくる。そんな雪崩《なだれ》にまきこまれたら、永遠《えいえん》に見《み》つからないだろうし」

とつぜん外《そと》で、風《かぜ》がゴォーッとなった。

小屋《こや》がギシギシとゆれて、戸《と》もまどの板戸《いたど》も、ガタガタとうごきだした。いまにも、バターンと戸《と》がひらきそうだ。友紀《ともき》は思《おも》わず、

「わあーっ、戸《と》があいちゃうよ。霊《れい》が入《はい》るよぉー」

「よし、こうしよう」

佐田《さた》さんが棚《たな》の上《うえ》の段《だん》ボール箱《ばこ》から、トンカチと釘《くぎ》を出《だ》してきた。

そして、入《い》り口《ぐち》の戸《と》や、まどの板戸《いたど》を、釘《くぎ》で打《う》ちつけた。

亡霊《ぼうれい》たちのすすり泣《な》く声《こえ》や、ほえるような声《こえ》は、小屋《こや》のまわりや、山《やま》の中《なか》を風《かぜ》にのってかけめぐり、明《あ》け方《がた》までやまなかった。

翌朝《よくあさ》、小屋《こや》の外《そと》へ出《で》てみると、雲《くも》ひとつない青《あお》い空《そら》が、あらわれたようにきれいだった。

けち火《び》

岡野久美子《おかのくみこ》

これは土佐《とさ》（いまの高知県《こうちけん》）で、お侍《さむらい》さんが刀《かたな》をさしていた時代《じだい》のお話《はなし》です。

町中《まちなか》をひとりのわかものがさっそうとかけぬけていきます。

「飛脚《ひきゃく》だ！」

人《ひと》びとは飛脚《ひきゃく》に気《き》がつくと、すすんで道《みち》をゆずりました。

「はやいなあ。あっというまに見《み》えなくなった」

「文《ふみ》や荷物《にもつ》をいちはやくとどけるのが仕事《しごと》だからな」

あるとき、飛脚《ひきゃく》はお城《しろ》によばれました。

「お殿様《とのさま》の大切《たいせつ》な文《ふみ》をいそいでとどけてほしい」

「はい」

飛脚《ひきゃく》は手紙《てがみ》が入《はい》った箱《はこ》をかつぐと、お城《しろ》をとびだしていきました。

まもなく、山道《やまみち》にさしかかりました。飛脚《ひきゃく》はすこしも足《あし》をとめることなく、道《みち》をのぼっていきます。そして山《やま》の中《なか》の法経堂《ほうきょうどう》という小《ちい》さなお堂《どう》をとおりかかったときです。

「あっ！」

何者《なにもの》かが飛脚《ひきゃく》にとびかかってきました。

「わっ」

飛脚《ひきゃく》はつきとばされてころび、もっていた箱《はこ》をおとしました。

「もらった！」

飛脚《ひきゃく》をつきとばした男《おとこ》が箱《はこ》を手《て》にしました。男《おとこ》は追《お》いはぎでした。

「だめだ！　それは大切《たいせつ》な文《ふみ》だ！」

飛脚《ひきゃく》があわてて、とりかえそうとすると、追《お》いはぎは刀《かたな》をぬいて、きりかかってきました。

「うっ！」

飛脚《ひきゃく》はするどいいたみでうずくまります。追《お》いはぎはそのすきに、箱《はこ》をかかえて、姿《すがた》をけしました。

「待《ま》ってくれ！　文《ふみ》をかえしてくれ！」

飛脚《ひきゃく》のさけびはむなしく、山《やま》にすいこまれていきます。

絶望《ぜつぼう》した飛脚《ひきゃく》は、その場《ば》でみずからの命《いのち》を絶《た》ってしまいました。

それからしばらくして、人《ひと》びとがみょうな話《はなし》をするようになりました。

「このごろ、みんな山道《やまみち》をとおらないな」

「法経堂《ほうきょうどう》にけち火《び》が出《で》るんで、きみ悪《わる》がって遠《とお》まわりするんだと」

「けち火《び》？」

「ああ、火《ひ》の玉《たま》だよ。死《し》んだ飛脚《ひきゃく》の魂《たましい》が、いまでもお殿様《とのさま》の文《ふみ》をさがしてるんだと」

それを旅人《たびびと》が小耳《こみみ》にはさみました。

「へっ、けち火《び》だって？　火《ひ》の玉《たま》なんて、出《で》るわけない。おれ様《さま》が行《い》って、たしかめてやろうじゃないか」

旅人《たびびと》はいさんで山道《やまみち》をのぼっていきました。そして法経堂《ほうきょうどう》の前《まえ》までくると、大声《おおごえ》でさけびました。

「文《ふみ》があったぞう」

あたりを見《み》まわすと、

「うん？」

木《き》のあいだから、ちらちらと赤《あか》いものが見《み》えます。

（まさか……）

それはけち火《び》でした。ゴォーという音《おと》をたてながら、真《ま》っ赤《か》な火《ひ》の玉《たま》がこちらにやってきます。

「ひぇ！」

旅人《たびびと》はおどろいて、にげだしました。

（ほんとうに出《で》るなんて思《おも》わなかった）

ハア　ハア

走《はし》っても走《はし》っても、けち火《び》はおいかけてきます。

ゴォー

とうとう旅人《たびびと》はつかれて、その場《ば》にへたりこみました。もう一歩《いっぽ》もうごけません。

けち火《び》は旅人《たびびと》の頭《あたま》の上《うえ》でぴたりととまります。

（なんてでかいんだ）

旅人《たびびと》はぼう然《ぜん》として、見《み》あげました。けち火《び》は番傘《ばんがさ》を広《ひろ》げたほどの大《おお》きさがありました。そして真《ま》ん中《なか》には人《ひと》の顔《かお》がぼうっとうかんでいます。

（そうか、あれが亡《な》くなった飛脚《ひきゃく》なのか……）

けち火《び》はだんだんと旅人《たびびと》のほうにさがってきます。

観念《かんねん》した旅人《たびびと》はぼそりとつぶやきました。

「殿様《とのさま》の文《ふみ》なんて、おれがもってるわけがない」

すると、けち火《び》は一瞬《いっしゅん》できえてしまったのです。

それからというもの、山道《やまみち》を歩《ある》く人《ひと》は、

「文《ふみ》はないぞう」

とさけびながら、とおったということです。

休《やす》み時間《じかん》

林《りん》間《かん》学《がっ》校《こう》

1日《にち》目《め》夜《よる》 バスの中《なか》

縦《たて》に見《み》よう ↔ 下《した》上《うえ》

先生《せんせい》が一番《いちばん》うるさい……
ねむい…
わっ!!
しずかにしろ〜!!
ガイドさんの話《はなし》を聞《き》けー!
うでずもうするニャ!!
ことわる
バスガイド雨女《あめおんな》
なにここ!雨《あめ》ふってきた!
ヨキ
バ

2時《じ》間《かん》目《め》

山《やま》のこびとドゥアガー

岩倉千春《いわくらちはる》

イギリスの北《きた》のほうに、けわしい崖《がけ》やきゅうな谷《たに》が多《おお》くて、とても危《き》険《けん》な山《やま》やまがあった。山《やま》をよくしっている羊飼《ひつじか》いたちも、くらくなってからは外《そと》を歩《ある》かないほどだった。

ある日《ひ》、ひとりのわかものが山《やま》のむこうの町《まち》へむかって山《やま》の中《なか》を歩《ある》いていた。日《ひ》ぐれまでには町《まち》につくつもりだったのに、道《みち》にまよってあちこち歩《ある》きまわっているうちに、夕方《ゆうがた》になった。せめて細《ほそ》い道《みち》からはずれないように歩《ある》こうと思《おも》ったが、あたりがうすぐらくなって足《あし》もともよく見《み》えなくなり、すぐに道《みち》からそれてしまった。

「しかたない。どこか安全《あんぜん》な場所《ばしょ》で朝《あさ》を待《ま》って、明《あか》るくなってから道《みち》をさがそう」

わかものはあたりを見《み》まわして、岩《いわ》かげの小《ちい》さなくぼみを見《み》つけた。岩《いわ》が屋根《やね》のようになっていて、雨風《あめかぜ》をふせげそうだ。岩《いわ》によりかかるようにすわって顔《かお》をあげると、すこしはなれたところに、ぽつんと小《ちい》さな明《あ》かりが見《み》えた。

「おや、さっきまではなにもなかったのに……。羊飼《ひつじか》いの家《いえ》でもあるのかな。泊《と》めてもらえるといいんだが」

わかものは立《た》ちあがって、明《あ》かりにむかって歩《ある》きはじめた。

近《ちか》づいてみると、それは板《いた》かべの小《ち》さい小屋《こや》で、屋根《やね》はぶあつい芝生《しばふ》でできていた。子羊《こひつじ》がうまれる時期《じき》に、羊飼《ひつじか》いが寝泊《ねと》まりする小屋《こや》のようだった。

戸《と》をたたいて声《こえ》をかけても返事《へんじ》がない。入《はい》ってみると、だれもいなかったが、部屋《へや》の真《ま》ん中《なか》の地面《じめん》にちょろちょろ火《ひ》がもえていた。

「ああ、ありがたい。山《やま》の夜《よる》は寒《さむ》さがつらいからな」

火《ひ》をはさんでむかいあうように、大《おお》きな灰色《はいいろ》の石《いし》がひとつずつあった。わかものは片方《かたほう》の石《いし》にすわると、火《ひ》に手《て》をかざした。右側《みぎがわ》にはかわいた小枝《こえだ》がつんであり、左側《ひだりがわ》には柱《はしら》のような丸太《まるた》が二本《ほん》ころがっている。わかものは右手《みぎて》をのばして、細《ほそ》い枝《えだ》を何本《なんぼん》かとって火《ひ》にくべた。ぱっと火《ひ》が大《おお》きくもえあがった。

そのとき、きみょうなものが小屋《こや》に入《はい》ってきた。わかもののひざぐらいの背《せ》たけしかないこびとだ。子羊《こひつじ》の毛皮《けがわ》で作《つく》った上着《うわぎ》を着《き》て、モグラの毛皮《けがわ》のズボンと靴《くつ》をはき、キジの羽根《はね》をつけた緑《みどり》の帽子《ぼうし》をかぶっている。こびとはわかもののむかいの石《いし》にすわると、じろりとわかものをに

らんでこういった。

「お前《まえ》、ここでなにをやってるんだ」

わかものはびっくりして、口《くち》もきけなかったが、すこしおちついてくると、こんなことを考《かんが》えた。

(こいつは山《やま》のこびとのドゥアガーだ。ドゥアガーはいじわるで気《き》むずかしいというから、用心《ようじん》しないといけないぞ)

それで、わかものはなにもいわず、うごきもしないで、こびとを見《み》つめていた。

しばらくすると、火《ひ》が小《ちい》さくなり、小屋《こや》の中《なか》が寒《さむ》くなってきた。わかものの手足《てあし》の指《ゆび》は、寒《さむ》さでちりちりしびれている。それでもがまんしていると、やがて、体《からだ》がぶるぶるふるえてきた。だが、こびとは寒《さむ》さを感《かん》じないのか、平気《へいき》な顔《かお》でわかものをにらんでいる。

とうとうわかものはがまんできなくなって、小枝《こえだ》の山《やま》に手《て》をのばし、枝《えだ》をひとつかみとって、きえかけた火《ひ》の上《うえ》にのせた。

すると、こびとは反対側《はんたいがわ》にぐいっと手《て》をのばして、丸太《まるた》を一本《ぽん》つかんだ。長《なが》さがこびとの背丈《せたけ》の倍《ばい》はあり、太《ふと》さも体《からだ》の倍《ばい》くらいあるのに、こびとはそれをひざにあてると、バキッとわけなく半分《はんぶん》におった。そして、どん、と、火《ひ》にくべた。

「こんな、たきつけ用《よう》の小枝《こえだ》をへしおるくらい、子《こ》どもだってかんたんにできる。もう一本《ぽん》は、お前《まえ》がくべろ」

そういって、ふん、と鼻《はな》をならして、わかものをにらみつけた。

(いや、これはなにかのわなにちがいない)

わかものはそう思《おも》って、うごかなかった。

「ほら、さっさとやれよ」

それでもわかものはじっとしていた。

しばらくすると、また火《ひ》が小《ちい》さくなってき

た。それでも、わかものはこびとから目《め》をはなさないで、うごかずにいた。こびともわかものをにらみつづけている。小屋《こや》はだんだんくらくなり、しんしんと寒《さむ》くなっていった。

コケコッコー

谷《たに》のどこかで、にわとりがないた。

そのとたんに、こびとの姿《すがた》はきえ、小屋《こや》も火《ひ》も、なにもかも見《み》えなくなった。

しばらくして、東《ひがし》の空《そら》が明《あか》るくなってあたりのようすが見《み》えるようになると、わかものはぞっとした。わかものがすわっている灰色《はいいろ》の石《いし》は、高《たか》い崖《がけ》のふちにあり、丸太《まるた》があったほうはふかい谷《たに》になっていたのだ。

「もしあのとき、丸太《まるた》をとろうとして手《て》をのばしたりしていたら……」

そう思《おも》うと、わかものはしばらくふるえがとまらなかった。

ふしぎな箱《はこ》

時海結以《ときうみゆい》

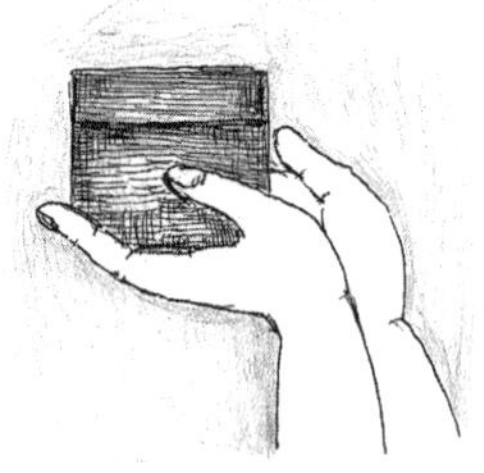

百年《ねん》くらいむかしのこと、旅好《たびず》きな志賀《しが》という男《おとこ》がいた。ある秋《あき》、志《し》賀《が》が山《やま》の中《なか》を、歩《ある》いて旅《たび》していると、日《ひ》がくれかかった。先《さき》をいそぐけれど、どんどんくらくなってくる。

「こまったぞ、宿屋《やどや》のある町《まち》まで、あと何時間《なんじかん》もかかるじゃないか」

どこかに、ひと晩身《ばんみ》をかくして休《やす》めるところはないかと、志賀《しが》はあたりを見《み》まわした。

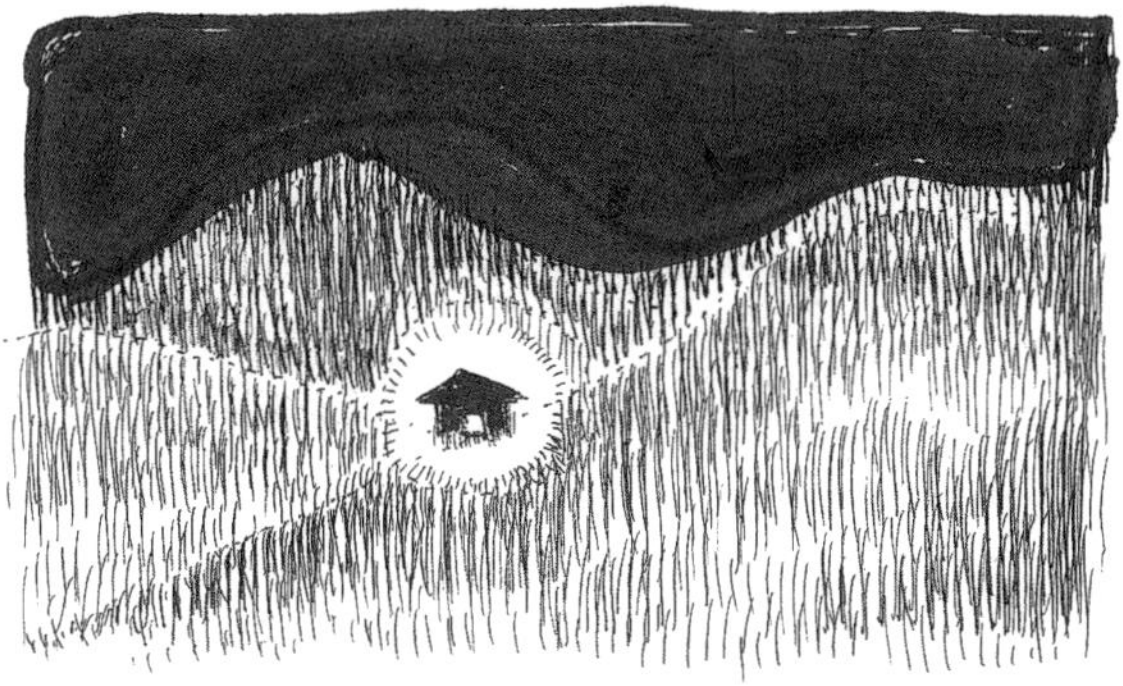

すると、山《やま》あいの遠《とお》くに、ぽつんとあかりが見《み》える。

「ああ、よかった。家《いえ》がある。あそこに泊《と》めてもらおう」

その家《いえ》をたずねると、思《おも》いがけなくりっぱなやしきだった。

「こんな山《やま》の中《なか》なのに、広《ひろ》くて、大《おお》きな家《いえ》だ。このあたりの村長《そんちょう》さんかな」

けれど、このやしきのほかに、家《いえ》は見《み》あたらない。ふしぎに思《おも》いながら、玄関《げんかん》の戸《と》をたたくと、三十歳《さい》くらいの女《おんな》が出《で》てきた。

「旅《たび》のものですが、山《やま》の中《なか》で日《ひ》がくれてしまいました。ひと晩《ばん》、泊《と》めていただけませんか」

女《おんな》はにっこりした。

「それはおこまりでしょう。いいですよ、お泊《と》まりください」

家《いえ》の中《なか》に入《い》れてもらうと、広《ひろ》い広《ひろ》い家《いえ》の中《なか》には、この女《おんな》のほかに、まったく人《ひと》の気配《けはい》がない。がらんとしてしずまりかえっている。

「ご主人《しゅじん》やご家族《かぞく》は、お留守《るす》ですか？」

あかりを手《て》にろう下《か》を進《すす》んでいた女《おんな》は、志賀《しが》をふりかえり、笑《わら》っていった。

「いいえ、わたしはひとりぐらしです。夫《おっと》も子《こ》どももおりません」

「使用人《しようにん》もいないのですか？　不便《ふべん》ではありませんか、こんなに広《ひろ》いおやしき」

「用《よう》があるときは、この箱《はこ》から使用人《しようにん》をよびだすのです」

部屋《へや》に入《はい》った女《おんな》は、つくえにおいてある古《ふる》びた小《ちい》さな箱《はこ》をさした。両《りょう》手《て》にちょうどのるくらいの、ふたがしまった黒《くろ》い小箱《こばこ》だ。

からかわれたと思《おも》って、志賀《しが》は大笑《おおわら》いし、

「じゃあ、あつい飲《の》み物《もの》でもいただこうか」

とじょうだんをかえした。

「よろしいですとも」

女《おんな》は小箱《こばこ》のふたを、とんとん、とかるくたたいた。するとふたがあいて、中《なか》から二十歳《はたち》くらいの娘《むすめ》がとびだしてきた。

「お客様《きゃくさま》に、あついお茶《ちゃ》をお出《だ》しして」

「かしこまりました、ご主人様《しゅじんさま》」

と娘《むすめ》は一礼《いちれい》し、部屋《へや》を出《で》ていった。

いつのまにかしまっていたふたを、また女《おんな》が、とんとん、とたたくと、今度《こんど》は十五歳《さい》くらいの少年《しょうねん》が出《で》てきた。

「お菓子《かし》をさしあげて」

「かしこまりました、ご主人様《しゅじんさま》」

出《で》ていった少年《しょうねん》と入《い》れかわりに、さっきの娘《むすめ》がお茶《ちゃ》を、おぼんにのせて運《はこ》んできた。すわる志賀《しが》の前《まえ》にお茶《ちゃ》をおく。

(こ、これは……あやしきものども。この女《おんな》、人間《にんげん》ではあるまい)

志賀《しが》はおそろしくなり、がたがたふるえた。けれど、お菓子《かし》も運《はこ》ばれてきて、女《おんな》がにこにこしているので、にげるわけにもいかない。お茶《ちゃ》をのむふりだけする。

「用《よう》がすんだので、お帰《かえ》り」

と、箱《はこ》のふたをあけて女《おんな》がいうと、娘《むすめ》と少年《しょうねん》はすうっと箱《はこ》の中《なか》にきえた。

「……いったい、どうなっているのですか?」

女《おんな》はすましてこたえた。

「わたしは魔女《まじょ》、これは魔法《まほう》です。この箱《はこ》はわたしにしかつかえません」

いったとたん、女《おんな》の顔《かお》がとつぜんかわった。どこにでもいるような女《おんな》が、とてつもなく美《うつく》しくなったのだ。

女《おんな》は、にんまり、とした。氷《こおり》のようにつめたいほほえみで、志賀《しが》は心《こころ》の底《そこ》からふるえあがった。

「いままで、あなたの前《まえ》にも四人《にん》の旅人《たびびと》が、おなじことをたずねました。ふたりはわたしの話《はなし》をしんじず、この箱《はこ》をうばってあけようとしたので、しかたなく殺《ころ》しました。ふたりはしんじたので、ぶじにもとの道《みち》に帰《かえ》しました」

女《おんな》の話《はなし》を、志賀《しが》はしんじられなかったが、こわくてこわくて、だまってしんじたふりをした。

明《あ》け方《がた》、女《おんな》は志賀《しが》をおこすと、こういった。

「あなたはここまで、山道《やまみち》からほんのわずかできたと思《おも》っていますが、じつはここは、人《ひと》のかよう道《みち》から一日中歩《いちにちじゅうある》きとおしても五日《いつか》かかるほど、遠《とお》く、はなれているのです」

まさか、と思《おも》ったが、志賀《しが》はもう、女《おんな》になにもいえなかった。うっかりなにかをいえば、殺《ころ》される気《き》がした。

「さあ、もとの道《みち》までおくってあげます。二度《にど》と、ここをさがさないように。今度《こんど》は帰《かえ》れなくなりますよ」

腰《こし》をかるくたたかれたとたんに、志賀《しが》はもとの山道《やまみち》につんのめってたおれていた。のぼってくる朝日《あさひ》の光《ひかり》が背中《せなか》にあたった。

あたりを見《み》まわしても、あの女《おんな》の家《いえ》は、どこにもなかった。

休《やす》み時間《じかん》

林《りん》間《かん》学《がっ》校《こう》

1日目《にちめ》夜《よる》

きもだめし

強《つよ》い魔《ま》よけのおめん
魔《ま》よけゾーン
ロウソクとったよ!
よっよしもどるぞ
しおのみち
あかべこ
ひいらぎ
ナムアミダブツ…ナムアミ
おはかゾーン
また出《で》たー!うしみつ博士《はかせ》!
特別出演《とくべつしゅつえん》
キャッ

3時間目《じかんめ》

なぞの怪人《かいじん》バサハウン

石崎洋司《いしざきひろし》

ヨーロッパの国《くに》、スペインとフランスの国境《こっきょう》のあたりには、ピレネー山脈《さんみゃく》という、高《たか》くて、けわしい山《やま》がつらなっています。

そのふもとに広《ひろ》がるバスク地方《ちほう》の森《もり》に、なぞの怪人《かいじん》がすんでいるとしんじられていました。

その名《な》もバサハウン。

人間《にんげん》のように立《た》って歩《ある》きますが、身長《しんちょう》は二メートル以上《いじょう》。頭《あたま》から足《あし》の

つま先《さき》まで、全身《ぜんしん》びっしりと長《なが》い毛《け》でおおわれています。すんでいるのは、森《もり》の奥《おく》ふかくや、山《やま》の中《なか》のどうくつです。

なんとなくゴリラににていますが、でも、ゴリラとちがって、人間《にんげん》、とくに羊飼《ひつじか》いと羊《ひつじ》の群《む》れを、オオカミからまもってくれたりします。

でも、いつも人間《にんげん》にやさしいわけではありません。だましたり、おこらせたりすれば、その怪力《かいりき》で、人間《にんげん》の命《いのち》をうばうことさえありました。

それで、人《ひと》びとは、バサハウンを「森《もり》の番人《ばんにん》」とよんでうやまったり、「森《もり》の神《かみ》」とおそれたりしていました。

バサハウンは、力《ちから》が強《つよ》いだけではありません。ずっとむかしは、人間《にんげん》のしらない道具《どうぐ》や技術《ぎじゅつ》をもっていました。

ある日《ひ》のことです。

大工《だいく》の親方《おやかた》が弟子《でし》といっしょに、木《き》をきっていました。でも、もっているのは、斧《おの》だけで、なかなか、上手《じょうず》にきることができません。

「木《き》を、かんたんに、きれいにきれる道具《どうぐ》はないかなぁ」

親方《おやかた》はなげきました。

「そういえば、バサハウンが『のこぎり』という道具《どうぐ》をもっているそうだな。それをつかうと、太《ふと》い木《き》だって、楽《らく》らくときれるらしい。ああ、バサハウンは、のこぎりをくれないかなぁ。くれなくても、せめて、その作《つく》り方《かた》だけでも教《おし》えてもらいたいなぁ」
弟子《でし》は首《くび》をふりました。
「それは無理《むり》でしょう。バサハウンは、そういうことはなんでもひみつにしたがることで、ゆうめいですから」

「そうなんだよなぁ。でも……。そうだ、いいことを思《おも》いついたぞ！」

親方《おやかた》は、弟子《でし》に計画《けいかく》を話《はな》すと、森《もり》の近《ちか》くの村《むら》へおくりだしました。

弟子《でし》は、村《むら》につくとすぐ、大声《おおごえ》でさけびはじめました。

「みんな、聞《き》いてくれ！　うちの親方《おやかた》がのこぎりを作《つく》ったんだ！　木《き》をかんたんにきることができる道具《どうぐ》だ！　すごいだろ！」

すると、その声《こえ》を聞《き》いて、森《もり》から、バサハ

ウンがあらわれました。

「人間《にんげん》のくせに、のこぎりを作《つく》っただと？　うそをつくな！」

弟子《でし》は、こわいのをがまんして、こたえました。

「いいえ、ほんとうです。親方《おやかた》は、のこぎりを作《つく》りました」

バサハウンは首《くび》をかしげました。

「ふーん……。ということは、お前《まえ》の親方《おやかた》は、クリの木《き》の葉《は》を見《み》たということか？」

「クリの木《き》の葉《は》？　さあ、どうでしょう。わたしはしりませんが」

弟子《でし》は、そういうと、親方《おやかた》のもとへとんで帰《かえ》りました。

「親方《おやかた》！　計画《けいかく》したとおり、バサハウンはだまされましたよ！　のこぎり作《づく》りのひけつ、クリの木《き》の葉《は》にあるそうです！」

親方《おやかた》は、さっそくクリの木《き》の葉《は》を見《み》てみました。すると、葉《は》っぱのまわりが、ぎざぎざになっています。

「そうか。鉄《てつ》の板《いた》を、この葉《は》のように、ぎざぎざにすればいいんだ！」

親方《おやかた》は、さっそく、仕事《しごと》にとりかかりました。

その夜《よる》。親方《おやかた》の仕事場《しごとば》に、大《おお》きな影《かげ》があらわれました。

バサハウンです。親方《おやかた》がのこぎりを作《つく》ったという話《はなし》が、ほんとうかどうか、たしかめにきたのです。

バサハウンは、クリの木《き》の葉《は》のように、ぎざぎざになった鉄《てつ》の板《いた》を見《み》て、おどろき、そして、おこりました。

「人間《にんげん》にまねされて、たまるか！」
バサハウンは、のこぎりをつかえないようにしてやろうと思《おも》いました。
「のこぎりの歯《は》をまげてやれ！」
バサハウンは怪力《かいりき》です。太《ふと》い指《ゆび》の先《さき》で、鉄《てつ》の歯《は》のひとつを右《みぎ》にねじまげました。それから、つぎの歯《は》は左《ひだり》に、そのつぎは右《みぎ》、そのまたつぎは左《ひだり》へと、すべての歯《は》を、ひとつずつ、たがいちがいにねじまげていったのです。

「これで、このこぎりはつかいものになるまい！」

バサハウンは、満足《まんぞく》して、森《もり》へ帰《かえ》っていきました。

つぎの日《ひ》。親方《おやかた》は、左右《さゆう》にまがった歯《は》を見《み》て、びっくりしました。

「ああ、こんなのこぎりじゃ、木《き》をきれるはずがない……」

がっかりしながらも、ためしてみると。

「うわぁ！　どんどんきれるぞ！　力《ちから》を入《い》れなくても、かるがると木《き》をきることができる！」

いま、わたしたちがつかうのこぎりも、歯《は》が、ひとつずつ、左右《さゆう》にひらいています。そのほうが、楽《らく》に木《き》がきれるからですが、それは、バサハウンがいじわるをしてくれたおかげだったのです。

山《やま》の精《せい》リューベツァール

高津美保子《たかつみほこ》

いまはポーランドとチェコの国境《こっきょう》にあるリーゼンゲビルゲという山岳《さんがく》地帯《ちたい》に、リューベツァールという山《やま》の精《せい》がすんでいた。

リューベツァールは、なににでも姿《すがた》をかえることができて、動物《どうぶつ》にもなれば、植物《しょくぶつ》や物《もの》にもなる。僧侶《そうりょ》や旅人《たびびと》になって、山道《やまみち》をとおる人《ひと》に話《はな》しかけたりもする。

だから、めったにほんとうの姿《すがた》を見《み》た人《ひと》はいないが、角《つの》としっぽがあ

るとか、足《あし》はヤギ足《あし》のようだという人《ひと》もいる。

とにかく、リューベツァールは毎日《まいにち》このあたり一帯《いったい》をパトロールして、出《で》あう人《ひと》にいろいろちょっかいを出《だ》している。

あるときは、山《やま》の銅山《どうざん》で採掘《さいくつ》する人《ひと》の前《まえ》にあらわれて、

「この山《やま》はおれのものだ。おれの許可《きょか》なく勝手《かって》にほるな！」

とおどし、コトコトにているシチュー鍋《なべ》に、カエル、トカゲ、虫《むし》などをぶちこんだ。

またあるときは、道《みち》にまよった旅人《たびびと》に近《ちか》づいていき、

「道《みち》にまよいましたか？　ちょうどわたしもおなじ方向《ほうこう》に行《い》くところです。ご案内《あんない》しましょう」

とやさしく声《こえ》をかけて、ちがう道《みち》に案内《あんない》して、行《い》きどまりにくると、ひらりと高《たか》い木《き》の枝《えだ》にとびあがり、低《ひく》い声《こえ》でガハガハ笑《わら》うと姿《すがた》をけした。その笑《わら》い声《ごえ》は、まるで雷《かみなり》のようにあたりの山《やま》やまにこだました。

また、ある旅人《たびびと》が、リューベツアールが大事《だいじ》にそだてている魔法《まほう》の薬《やく》草《そう》をひきぬいたときには、怒《いか》りを爆発《ばくはつ》させた。すると、雲《くも》ひとつない青《あお》空《ぞら》から稲光《いなびかり》が走《はし》り、薬草《やくそう》どろぼうは雷《かみなり》にうたれた。

そんなある日《ひ》のこと、リューベツァールは、重《おも》そうなかごを背負《せお》った男《おとこ》がやってくるのを見《み》つけると、

「よし、あの男《おとこ》をからかってやれ」

と思《おも》い、男《おとこ》のとおり道《みち》にねころぶと、すわり心地《ごこち》のよさそうな丸太《まるた》に姿《すがた》をかえた。

そろそろひと休《やす》みしたいと思《おも》っていた男《おとこ》は、

「ちょうどいいところに丸太《まるた》がある。ここでちょっとひと休《やす》みとしよう」

と腰《こし》をおろそうとした。

ところが、すわりかけたそのとき、丸太《まるた》がするりとにげだしたからたまらない。

男《おとこ》はどんと地面《じめん》に尻《しり》もちをつき、背負《せお》っていたかごもひっくりかえり、中《なか》からボヘミアンガラスの花瓶《かびん》やグラスなどがわれて地面《じめん》にちらばった。

「ああ、なんてことだ！　これを町《まち》で売《う》ろうと思《おも》ったのに……」

男《おとこ》はそのまま道《みち》にうずくまって泣《な》きだした。

あわてたのはリューベツァールだ。ちょっとだけ、いたずらしようと思《おも》ったのに……。

そこで、旅人《たびびと》の姿《すがた》になって男《おとこ》に近《ちか》づくと、

「なにを泣《な》いてなさる。いったい、どうなさったのです？」

とわけを聞《き》いてみた。

すると男《おとこ》は、気《き》をとりなおして、話《はな》しはじめた。

「おれは、ガラス職人《しょくにん》で、作《つく》ったボヘミアンガラスを町《まち》に売《う》りにいくところだったんだ。ちょうどここにいい丸太《まるた》があったんで、ひと休《やす》みしようとしたら、丸太《まるた》がとつぜんなくなって、このざまさ。おかげでひと月《つき》分《ぶん》がパーさ。これから、どうやってくらしていったらいいやら……」

この話《はなし》を聞《き》くと、リューベツァールはなんだか申《もう》し訳《わけ》ないことをしたと思《おも》って、

「じつは、あの丸太《まるた》はオレだ。すまないことをした。つぐないをしよう。いいか、オレのいうとおりにしろ。オレはこれからロバになるから、そのロバをこの山《やま》のふもとの水車小屋《すいしゃごや》の主人《しゅじん》に売《う》れ。うけとった金《かね》はお前《まえ》のものだ。あとはまかせておけ。いいな！」

というと、旅人《たびびと》は、色《いろ》つやのいいりっぱなロバになった。

男《おとこ》はいわれたように山《やま》のふもとの水車小屋《すいしゃごや》に行《い》って、ロバを売《う》って金《かね》をうけとった。それは、

ガラスを売《う》るよりずっといい金《かね》になったから、男《おとこ》はよろこんで帰《かえ》っていった。

さて、ロバになったリューベツァールは、主人《しゅじん》に飼育小屋《しいくごや》につれていかれ、

「さあ、えさだ。食《く》え！」

と干《ほ》し草《くさ》をなげこまれた。

すると、ロバは、

「だれが干《ほ》し草《くさ》なんか食《く》うものか！　オレさまが食《く》うのは、丸焼《まるや》き肉《にく》とパンだ！」

といって、姿《すがた》をけした。

水車小屋《すいしゃごや》の主人《しゅじん》のおどろいた顔《かお》といったらなかった。

リューベツァールは、かくれたところから主人《しゅじん》のあわてようを見《み》ながら、

「お前《まえ》はいつもあくどい商売《しょうばい》をしているんだから、たまにはいいだろう」

と、つぶやいた。

リーゼンゲビルゲを支配《しはい》する、いたずらものの山《やま》の精《せい》リューベツァールだったが、最近《さいきん》は、とんとうわさを聞《き》かなくなった。いま、どこでどうしているやら……。

休《やす》み時間《じかん》

林《りん》間《かん》学《がっ》校《こう》

1日目《にちめ》 明《あ》け方《がた》

まくら投《な》げ

AM 8:00
おやくそく
7じには
ねましょう
AM 8:22
おやくそく
7じには
ねましょう

4時《じ》間《かん》目《め》

谷地坊主《やちぼうず》

斎藤君子《さいとうきみこ》

北《きた》の寒《さむ》い土地《とち》では、川《かわ》のほとりの沼地《ぬまち》にたくさんの谷地坊主《やちぼうず》がポコポコとうかんでいる場所《ばしょ》がある。谷地坊主《やちぼうず》というのは、水《みず》の中《なか》にはえているスゲなどの草《くさ》がかたまったものだ。冬《ふゆ》のあいだに沼《ぬま》の水《みず》がこおり、草《くさ》の根《ね》もとがもちあがる。春《はる》になると、その氷《こおり》がとけて足《あし》もとの土《つち》が流《なが》される。そういうことを毎年《まいとし》くりかえすうち、大《おお》きな丸《まる》い谷地坊主《やちぼうず》ができるのだ。

そういう場所《ばしょ》へ行《い》くと、まるで人間《にんげん》の頭《あたま》がたくさんならんでいるようで、ぶきみな気分《きぶん》になる。ウデへという民族《みんぞく》がくらしているシベリアの極東地方《きょくとうちほう》には、そんな沼地《ぬまち》があちこちにあり、魔物《まもの》がすんでいるといわれて、おそれられていた。

ある沼地《ぬまち》の近《ちか》くにふたりの娘《むすめ》とくらしている猟師《りょうし》がいた。娘《むすめ》たちの母親《ははおや》が何年《なんねん》か前《まえ》に病気《びょうき》で亡《な》くなってからは、父親《ちちおや》が狩《か》りに出《で》かけてしまうと、家《いえ》の中《なか》は娘《むすめ》たちだけになった。

ある日《ひ》のこと、父親《ちちおや》がいつものように狩《か》りに出《で》かけてまもなく、戸口《とぐち》にいた姉娘《あねむすめ》がとつぜん、家《いえ》の奥《おく》にいる妹《いもうと》にむかってさけんだ。

「谷地坊主《やちぼうず》がやってくる！　はやくかくれて！」

ふたりはあわてて家《いえ》の奥《おく》にかくれた。妹《いもうと》は左《ひだり》のすみに、姉《あね》は右《みぎ》のすみにしゃがんで、小《ちい》さくなった。ちょうどそこへ谷地坊主《やちぼうず》がきて、戸口《とぐち》からぬっと顔《かお》を出《だ》した。その名《な》のとおり、沼《ぬま》の谷地坊主《やちぼうず》そっくりの、大《おお》きなぼさぼさ頭《あたま》だ！　手《て》と足《あし》はまるで草《くさ》のように細《ほそ》くて、短《みじか》い！

谷地坊主《やちぼうず》は戸口《とぐち》につっ立《た》って、おそろしい声《こえ》で、

「だれかいるか！」

といった。

娘《むすめ》たちは家《いえ》のすみで息《いき》を殺《ころ》して、ふるえていた。すると谷地坊主《やちぼうず》は体《からだ》を左右《さゆう》にヒョコ、ヒョコ、ふりながら、家《いえ》の中《なか》へ入《はい》ってきた。そして台《だい》の上《うえ》にのっていたおわんに近《ちか》づくと、くるりとうしろをむいて、いきなり腰《こし》をかがめ、おわんのほうにむけて、

ブリ、ブリ、ブリ、ブリーッ!

と大《おお》きな屁《へ》をひった。そのいきおいでおわんがパリンとふたつにわれた。

そのようすをのぞき見《み》ていた娘《むすめ》たちはおかしくて、おかしくて、たまらなかったが、声《こえ》を出《だ》したら見《み》つかってしまう。ふきだしたいのをやっとの思《おも》いでこらえた。

谷地坊主《やちぼうず》はどうやらそんな気配《けはい》をさっしたらしい。またしても、

「そこにいるのはだれだ！」

といった。

家《いえ》の中《なか》はしんとしずまりかえって、返事《へんじ》はない。

すると谷地坊主《やちぼうず》は台《だい》の上《うえ》にもうひとつあったおわんのそばへ行《い》き、またしてもくるりとうしろをむくと、
バリ、バリ、バリ、バリーッ！

と屁《へ》をひった。その屁《へ》のすさまじいこと！ 台《だい》の上《うえ》のおわんがふっとんで、こなごなにわれてあたりにとびちった。妹《いもうと》はとうとうがまんできなくなって、

「ク、ク、クッ！」

と小《ちい》さな声《こえ》をもらしてしまった。

谷地坊主《やちぼうず》がその声《こえ》を聞《き》きつけて、「しめた！」とばかり、にんまり笑《わら》い、声《こえ》がしたほうへ行《い》って、かくれていた妹《いもうと》をひきずりだした。そして、妹《いもうと》をさらってにげた。

ひとりになった姉娘《あねむすめ》は父親《ちちおや》が帰《かえ》ってくるまで、ただガタガタふるえていた。

夕方《ゆうがた》、父親《ちちおや》が狩《か》りからもどると、姉娘《あねむすめ》がとびだしてきて、

「妹《いもうと》が谷地坊主《やちぼうず》にさらわれた！」

といって泣《な》いた。

父親《ちちおや》はすぐさま沼地《ぬまち》へとんでいった。すると沼《ぬま》の中《なか》から「助《たす》けて！」

とさけぶ娘《むすめ》の声《こえ》が聞《き》こえた。声《こえ》のするほうをよく見《み》ると、ポコポコうかんでいる谷地坊主《やちぼうず》と谷地坊主《やちぼうず》のあいだからちらりと娘《むすめ》の顔《かお》が見《み》えた。父《ちち》親《おや》は谷地坊主《やちぼうず》の頭《あたま》の上《うえ》をピョンピョンとんで娘《むすめ》のそばへ行《い》った。

娘《むすめ》はつめたい泥水《どろみず》の中《なか》に首《くび》までつかって、もがいていた。父親《ちちおや》はもがいている娘《むすめ》の腕《うで》をつかみ、娘《むすめ》の体《からだ》を必死《ひっし》でひっぱりあげた。助《たす》けだすのがもうすこしおそかったら、娘《むすめ》は谷地坊主《やちぼうず》たちの仲間《なかま》にされていたにちがいない。

山《やま》が動《うご》いた

紺野愛子《こんのあいこ》

ポルトガルのアソーレス諸島《しょとう》は大西洋《たいせいよう》の真《ま》ん中《なか》にあり、たくさんの火山《かざん》があります。このお話《はなし》は四百年前《ねんまえ》にそこであった話《はなし》です。

アソーレス諸島《しょとう》サン・ミゲル島《とう》のリベイラ・グランデという町《まち》に修道院《しゅうどういん》がありました。

ピイッ　ピイッー！　ギャッ　ギャッ！

修道院長《しゅうどういんちょう》のテレーザは、けたたましい鳥《とり》の声《こえ》で目《め》がさめました。

（こんなに島《とり》がなくなんて、どうしたのかしら？）

胸《むな》さわぎがしたテレーザは、いそいで身支度《みじたく》をして寝室《しんしつ》を出《で》ました。

そのとたん、足《あし》もとがはげしくゆれて、テレーザはろう下《か》にたたきつけられました。

大《おお》きな地震《じしん》が島《しま》をおそったのです。

「テレーザ様《さま》！　ごぶじですか？」

わかい修道女《しゅうどうじょ》たちが、はいずるようにしてテレーザのもとにきました。

「ここにいてはあぶない。外《そと》に出《で》ましょう！」

テレーザの言葉《ことば》に、みなは必死《ひっし》にろう下《か》を進《すす》み、扉《とびら》をあけて外《そと》にころげでました。

「ああ、なんてことでしょう！」

わかい修道女《しゅうどうじょ》がさけびました。

高台《たかだい》にある修道院《しゅうどういん》のまわりの景色《けしき》は、すっかりかわっていました。

地面《じめん》には大《おお》きな亀裂《きれつ》ができ、たくさんの家《いえ》がこわれ、大《おお》きな波《なみ》が海岸《かいがん》に打《う》ちよせています。

「あれを見《み》て、山《やま》が！」

ひとりが指《ゆび》さすほうを見《み》て、みな真《ま》っ青《さお》になりました。

東《ひがし》の山脈《さんみゃく》の山《やま》のひとつが、ズゴ、ゴゴと音《おと》を立《た》てて、ゆっくりこちらに動《うご》いてくるのです！

そのようすは、大《おお》きな巨人《きょじん》が、自分《じぶん》の重《おも》さにたえきれずに、くずれながら歩《ある》いてくるようです。

このまま山《やま》が動《うご》いてきたら、修道院《しゅうどういん》は山《やま》にのまれてしまいます。それだけではありません。修道院《しゅうどういん》の西側《にしがわ》に広《ひろ》がるリベイラ・グランデの町《まち》もうまってしまうでしょう。

（このままではたくさんの人《ひと》が死《し》んでしまう！　ああ、神様《かみさま》！）

テレーザは立《た》ちあがると、山《やま》のほうに歩《ある》き、ひざまずきました。そして両手《りょうて》をくんで祈《いの》りはじめました。

「天《てん》の神様《かみさま》、わたしたちをおすくいください。このままでは町《まち》の罪《つみ》のない人《ひと》びとも山《やま》にのまれて死《し》んでしまいます。イエス様《さま》、わたしたちにおあわれみを！」

うろたえていた修道女《しゅうどうじょ》たちも、テレーザが必死《ひっし》に祈《いの》る姿《すがた》を見《み》て冷静《れいせい》さをとりもどし、テレーザのうしろについていのりはじめました。

山《やま》が近《ちか》づくゴウゴウという音《おと》はどんどん大《おお》きくなり、目《め》をとじていても顔《かお》に砂《すな》ぼこりと風《かぜ》があたります。

「ああ、神様《かみさま》、わたしたちの声《こえ》をお聞《き》きとどけください！」

一心不乱《いっしんふらん》にいのっていたテレーザがふと気《き》づくと、あたりがしずかになっています。目《め》をあけるとあの山《やま》が近《ちか》くにそびえ立《た》っています。もうゴウゴウという音《おと》は聞《き》こえません。山《やま》はとまったのです。

「神様《かみさま》、ありがとうございます！」

テレーザは涙《なみだ》ながらに感謝《かんしゃ》しました。

このとき、山《やま》は四十キロも動《うご》いたそうです。それからこの山《やま》は「修道女《しゅうどうじょ》の峰《みね》」とよばれるようになりました。

野外炊事《やがいすいじ》
班《はん》にわかれて みんなで カレー作《づく》り！
はかっていたら 日《ひ》がくれ ちまうよ！
じゃがいもと にんじんと たまねぎの 比率《ひりつ》は……
やーん！
はんごう こげてるぅ〜！
もう 日はくれてるけどね……
これ、なにが できるんだ？
カレー？
ざいりょう 用意《ようい》したの だれ？
「ルー」入《い》れたら 問題《もんだい》ないよ！
や〜ん ぜんぜんざいりょう はいってな〜い！
ゆっくりで いいよ〜
なみだが とまらないわ
おい！一つ《ひと》目《め》 はやくしろよ！

給《きゅう》食《しょく》

一番《いちばん》こわいのは

常光《つねみつ》　徹《とおる》

むかし、あったと。
夕《ゆう》ぐれどきになると、村《むら》はずれのお宮《みや》のほうから、なにやら太鼓《たいこ》の音《おと》がして、わさわさわさわさわさ声《こえ》が聞《き》こえてくるんだと。
それが、三日《みっか》も四日《よっか》もつづいたので、みんなおっかながって、日《ひ》がおちるとだれも家《いえ》から出《で》られない。
「こまったことじゃ」

村《むら》の衆《しゅう》は、ものしりのじいさまにそうだんしたそうな。ところが、

「わしにも、とんとわからん。ふしぎなこともあるものよ」

そういって首《くび》をひねった。

その晩《ばん》のこと。じいさまは、鍋《なべ》のすみをくろぐろと顔《かお》にぬると、ほおかむりをして音《おと》のするほうにむかった。

お宮《みや》の木《き》のかげからそっとのぞいたじいさまは、目《め》を丸《まる》くした。

でっかいシャモジみたいなお化《ば》けがいっぱいあつまって、やぶれ太鼓《だいこ》にあわせて、うたったりおどったりしている。

ニョッキリ　ニョキニョキ　スットントン
ニョッキリ　ニョキニョキ　スットントン

（ほう、こりゃまた、なにごとじゃ）

たまげて見《み》ているうちに、おどりの好《す》きなじいさまは、むずむずうきうきしてきた。

すいっとおどりの輪《わ》に入《はい》ると、なんと、いっしょになっておどりはじめたそうな。

　ニョッキリ　ニョキニョキ　スットントン

　ニョッキリ　ニョキニョキ　スットントン

しばらくすると、

「やや、へんなものがおるぞ」

その声《こえ》で、ぴたりと太鼓《たいこ》がやんだ。

「見《み》たこともねぇやつだ。おぬし、なんの化《ば》け物《もの》じゃ」

「わしかえ、わしは人間《にんげん》の化《ば》け物《もの》よ」

「なに、人間《にんげん》じゃと！」

「おぉーこわ」

きゅうにざわめきだした。じいさまは、じろりと見《み》まわしていうた。

「お前《まえ》らは、なんの化《ば》け物《もの》じゃ」

「おれらは、きのこの化《ば》け物《もの》よ」

ひときわ大《おお》きなお化《ば》けがこたえたが、すぐに、

「ところで、人間《にんげん》の一番《いちばん》こわいものはなんだ」

と聞《き》いた。

「そりゃあ、きまっとる。餅《もち》と小判《こばん》よ。これほどこわいものはない。見《み》ただけでふるえがくるわ。お前《まえ》らのこわいものはなんじゃ？」

「おれらのこわいのは、ナスをつけた塩水《しおみず》よ」

「そうか、ナスづけの塩水《しおみず》か」

じいさまは、にたりとうなずいた。そのとき、

「そりゃ、餅《もち》じゃー」

「そりゃ、小判《こばん》じゃー」

うしろのほうから、餅《もち》と小判《こばん》がぶんぶんとんできた。

「おおー、おっかね、おっかね。こりゃ、たまらん」

大声《おおごえ》でわめきながらにげかえった。じいさまがいなくなると、またにぎやかにおどりだしたと。

さて、家《いえ》にもどったじいさまは、ナスをつけた塩水《しおみず》を桶《おけ》にたっぷり入《い》れると、お宮《みや》にひきかえした。

（また、にぎやかにおどっておるわい）

木《き》のかげからのぞいたじいさまは、ナスの塩水《しおみず》をヒシャクにくむと、

「そりゃー」

おどっているお化《ば》け目《め》がけて、サーッとふりかけた。

「もひとつ、それー」

まるで雨《あめ》がふるように、つぎつぎにまきちらした。

あっというまにお化《ば》けたちはいなくなった。

じいさまは、あとにのこった餅《もち》をうまげにほおばり、小判《こばん》を桶《おけ》に入《い》れてもちかえったと。

つぎの朝《あさ》、お宮《みや》の裏《うら》では、大《おお》きなキノコがいっぱいしおれておったそうな。

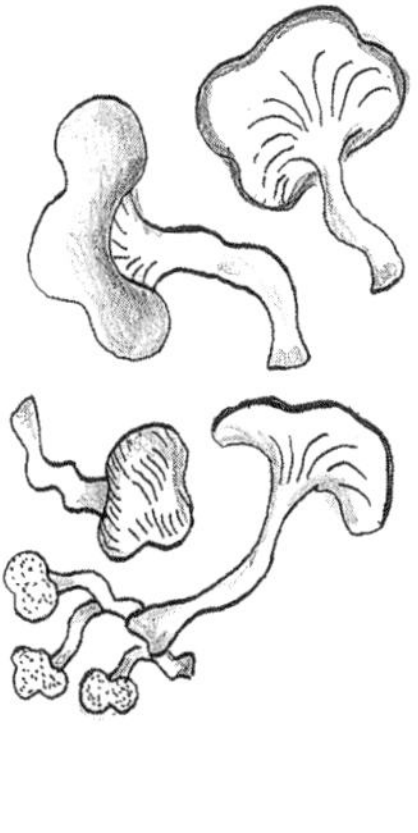

昼休《ひるやす》み

林《りん》間《かん》学《がっ》校《こう》

2日目《かめ》　夕方《ゆうがた》〜夜《よる》

ハイキング

妖怪数え歌《ようかいかぞえうた》

ひとつ　火《ひ》の玉《たま》
ふーわふわ
ふたつ　笛《ふえ》の音《ね》
ぴーしゃらら
みっつ　みのむし
ぶーらぶら
よっつ　四時《じ》ばば
でーたでた
いつつ　稲荷《いなり》の
コンコンさん

むっつ　むかでが
もっそもそ
ななつ　なまずが
ぬーるぬる
やっつ　やなぎが
ゆーらゆら
ここのつ　庚《こう》申《しん》
かのえさる
とうは　トイレの
花《はな》子《こ》さん

5時《じ》間《かん》目《め》

池《いけ》の平《だいら》のふしぎ

望月正子《もちづきまさこ》

静岡県浜松市《しずおかけんはままつし》の北《きた》のはずれ、水窪町《みさくぼちょう》の山《やま》の頂上近《ちょうじょうちか》くに、池《いけ》の平《だいら》とよばれるくぼ地《ち》がある。

ここは、ふだんは水《みず》が一滴《いってき》もないふつうの草地《くさち》だが、ふしぎなことに、七年《ねん》ごとに水《みず》をたたえた池《いけ》となり、すんだ水《みず》に杉木立《すぎこだち》の木《こ》もれ日《び》がさしこみ、神秘《しんぴ》な姿《すがた》を見《み》せる。だが、一週間《しゅうかん》から十日《とおか》もすると水《みず》はひき、また干《ひ》あがって、七年《ねん》ほどただのくぼ地《ち》にもどってしまうので、遠州《えんしゅう》の七《なな》不思議《ふしぎ》のひとつとなっている。

このくぼ地《ち》の縁《ふち》に、小《ちい》さなお地蔵《じぞう》さまがまつられているが、こんな話《はなし》がつたえられている。


むかし、この山《やま》ぶかい水窪《みさくぼ》は、奥山氏《おくやまし》のおさめる奥山村《おくやまむら》といい、高根《たかね》城《じょう》という城《しろ》があった。

あるとき、この奥山《おくやま》四代目《だいめ》の城主《じょうしゅ》が、北《きた》どなりの信州遠山氏《しんしゅうとおやまし》から攻撃《こうげき》をうけ、全滅《ぜんめつ》してしまった。

このとき、城主《じょうしゅ》の奥方《おくがた》のおくわさまは、ひとりのお供《とも》もつけず、ふたりのおさない若君《わかぎみ》をつれて、火《ひ》の手《て》のあがる城《しろ》をぬけだした。

「お家《いえ》の血《ち》を絶《た》やすわけにはいかぬ。なんとしても生《い》きのびて、お家《いえ》を再興《さいこう》せねばならぬ」

おくわさまは、一歳《さい》にもならぬ赤子《あかご》をだき、三歳《さい》の若君《わかぎみ》を背負《せお》い、あたりにうようよいる敵《てき》方《がた》の目《め》をさけてにげまどった。

うすぐらい山《やま》に入《はい》り、木々《きぎ》や草《くさ》をわけて行《い》くのだが、いったいどっちに進《すす》んでいるのか、どこへむかっているのか……。ただ、聞《き》こえる追《お》っ手《て》の声《こえ》から遠《とお》くへ遠《とお》くへと夢中《むちゅう》でにげた。

どのくらいにげまどっただろう。おくわさまはつかれはてて、草《くさ》のしげみにたおれこんだ。若君《わかぎみ》たちをおろすと、力《ちから》がぬけた。手足《てあし》は傷《きず》だらけで、きゅうにひりひりした。若君《わかぎみ》たちも息《いき》をひそめていたのだろう。上《うえ》の子《こ》はおびえたように母《はは》の顔《かお》を見《み》ている。するといきなり下《した》の子《こ》が泣《な》きだした。あわてて乳《ちち》をやろうとしたが、ますます大《おお》きな声《こえ》で泣《な》くばかり。思《おも》えばなにも食《た》べていないのだから、乳《ちち》も出《で》るはずがない。

不意《ふい》にすぐ近《ちか》くで追《お》っ手《て》の声《こえ》がした。

「女《おんな》と子《こ》どもだ。こんな山《やま》の中《なか》で、そう遠《とお》くまで行《い》けるはずはなかろう。見《み》つけるまでさがせ！」

おくわさまは、とっさにふたりの若君《わかぎみ》の口《くち》をおさえた。

「こうしてはいられない。いっときもはやく、にげる方法《ほうほう》を見《み》つけねばならぬ」

おくわさまは、こころをふるいたたせ、ひとりを背負《せお》い、ひとりを脇《わき》にかかえ、歩《ある》きだした。あたりはどんどんくらくなる。歩《ある》いて歩《ある》いてふと気《き》づくと、水《みず》の流《なが》れる音《おと》がする。

「水窪川《みさくぼがわ》だ。水窪川《みさくぼがわ》は川幅《かわはば》のそう広《ひろ》くない川《かわ》だ。いまならめだたないでわたれそうだ。そうして川《かわ》ぞいにおりれば生《う》まれ故郷《こきょう》に近《ちか》づける」

おくわさまは、川辺《かわべ》におりるとすぐさま川《かわ》に入《はい》った。だが、流《なが》れがはやく、すぐに足《あし》をとられ流《なが》されそうになる。このままでは三人《にん》とも流《なが》されて、お家《いえ》の再興《さいこう》など水《みず》のあわときえるだろう。流《なが》れの中《なか》でもがきながら、おくわさまはつらい決心《けっしん》をした。

「だめ。ふたりともつれてにげるのはとても無理《むり》だ。だが、殿《との》の後継《あとつ》ぎとして、せめてひとりでも生《い》きのびさせねば」

おくわさまは岸《きし》へもどると、くるったように赤子《あかご》を淵《ふち》になげこんだ。幼子《おさなご》はあっというまに黒《くろ》い流《なが》れにまきこまれ見《み》えなくなった。おくわさまはくるりとむきをかえ、背負《せお》った上《うえ》の若君《わかぎみ》と必死《ひっし》で山《やま》にむかった。そうしてなんとか山《やま》ごえしたが、追《お》っ手《て》はしつこくせまってきている。夜《よ》もあけてきた。つぎの山《やま》をこえるしかない。歩《ある》きだすと、近《ちか》くに一軒《けん》の農家《のうか》があった。おくわさまはたまらずとびこみ、

「すまないが水《みず》を一杯《ぱい》くださらぬか」

と、中《なか》にいた老婆《ろうば》にたのみこんだ。

着物《きもの》もすりきれ、よごれた姿《すがた》ではあるが、そのようすで事情《じじょう》がわかったらしい。老婆《ろうば》は、

「どうぞたんとのんでくだされ。お口《くち》にあうかわからんが、これもお食《た》べなされ」

と、いもの汁《しる》を出《だ》してくれた。

「じきに追《お》っ手《て》がくるでしょうが、けっしていわないでくださいね。たのみます」

「はい、口《くち》がさけてもいいませんです」

おくわさまは礼《れい》をいい、ふたたび山道《やまみち》をの

ぼった。やがて山《やま》の頂上近《ちょうじょうちか》くの、カヤのしげる平《たい》らなくぼ地《ち》に出《で》ると、カヤの茂《しげ》みにたおれこんだ。

食《た》べものを口《くち》に入《い》れ、すこし元気《げんき》になったものの、きのうからさまよいつづけたつかれがどっと出《で》て、もう一歩《いっぽ》も歩《ある》けそうもない。

「この茂《しげ》みにじっとしていれば、たとえ追《お》っ手《て》がきてもやりすごせるかもしれぬ」

と、うずくまりほっとひと息《いき》ついたとき、若君《わかぎみ》が泣《な》きだした。あわてて口《くち》をおさえたがおそかった。ちょうどおいついた追《お》っ手《て》に泣《な》き声《ごえ》を聞《き》かれ、とうとうつきとめられてしまった。

口《くち》どめされた老婆《ろうば》は、聞《き》かれても最後《さいご》まで口《くち》をひらかなかったが、刀《かたな》でおどされて、思《おも》わずにげた方角《ほうがく》を指《ゆび》さしてしまったのだ。おくわさまと若君《わかぎみ》は、池《いけ》の平《だいら》とよばれるこの地《ち》で、追《お》っ手《て》にきられ無《む》残《ざん》な最期《さいご》をとげた。

ふたりの血《ち》しぶきにそまったのか、このカヤのきり口《くち》は、血《ち》のように赤《あか》いそうだ。

その後《ご》、ここにおくわさまをまつる小《ちい》さな祠《ほこら》と、お地蔵《じぞう》さまがたてられた。だがそのお地蔵《じぞう》さまは、どんなむきにかえても、いつのまにか高《たか》根城《ねじょう》のあったほうをむいたという。

七年《ねん》に一度《ど》あらわれる池《いけ》も、おくわさまの涙《なみだ》と思《おも》いがこんなふしぎをおこしているのかと地元《じもと》の人《ひと》びとはつたえている。

類《るい》は友《とも》を

三倉智子《みくらさとこ》

中国《ちゅうごく》の山《やま》ぶかい道《みち》をひとりの男《おとこ》が歩《ある》いている。町《まち》から町《まち》へ、村《むら》から村《むら》へ行商《ぎょうしょう》する雑貨《ざっか》売《う》りだ。背中《せなか》には大《おお》きな荷物《にもつ》。生地《きじ》や針《はり》から、鍋《なべ》や釜《かま》。生活《せいかつ》に必要《ひつよう》な多《おお》くの物《もの》がその荷物《にもつ》に入《はい》っている。この山《やま》をこえて、ふもとの村《むら》についたら、そこが今回《こんかい》の最終目的地《さいしゅうもくてきち》。その村《むら》での商売《しょうばい》がすめば、三か月《げつ》ぶりで家《いえ》に帰《かえ》れる。

——さぁ、あとひとふんばり。日《ひ》のあるうちにおりないとな。

男《おとこ》の足《あし》どりはかるかった。ところが、山《やま》の天気《てんき》はかわりやすい。黒雲《くろくも》が広《ひろ》がり、いまにもひと雨《あめ》きそうだ。男《おとこ》は足《あし》をはやめたが、雲《くも》のほうがはやかった。ポツポツと大《おお》きな水滴《すいてき》がおちてきた。

男《おとこ》は走《はし》って峠《とうげ》にある古《ふる》いお堂《どう》を目《め》ざした。中《なか》にとびこみ、荷物《にもつ》をおろすまもなく、ザアザアと大《おお》きな音《おと》をたてて本《ほん》ぶりになった。

——やれ助《たす》かった。だけど、だめだな、こりゃ。今晩《こんばん》はこちらにご厄介《やっかい》になるしかない。

男《おとこ》はまつられている神様《かみさま》に手《て》をあわせてから、荷物《にもつ》の中《なか》をごそごそとさがした。出《で》てきたのは男《おとこ》の大好《だいす》きな白酒《バイジュ》。

——なぁに、これさえあれば、山《やま》の夜《よる》もさびしくないさ。

男《おとこ》はうれしそうに酒《さけ》を口《くち》に運《はこ》んだ。やがてくらがりの中《なか》、ひとりのじいさんが立《た》っているのに気《き》づいた。

「ぬれるよ、じいさん。こっちきなよ。のめる口《くち》かい？　どうだいいっしょに」

じいさんはうれしそうに近《ちか》づくと、となりにすわった。杯《さかずき》をわたすと、だまってしずかにのんだ。

男《おとこ》はうれしそうに話《はな》しかけた。

「やっぱり、酒《さけ》はひとりよりふたりだ。どうだい、うまいだろう。とちゅうの村《むら》に酒作《さけづく》りの名人《めいじん》がいてね、がんこ親父《おやじ》だけど、その名人《めいじん》のかみさんときたらこれがまた……」

男《おとこ》は、あちこちで見聞《みき》きしたおもしろい話《はなし》をし、ひとり大笑《おおわら》いしていた。じいさんは、声《こえ》をたてずに笑《わら》い、ちびりちびりとのんでいた。

男《おとこ》はいつのまにか、よってねてしまったらしい。気《き》づいたら朝《あさ》になっていて、じいさんはいなかった。

「あれ、夢《ゆめ》かい？　そういえば、どこの人《ひと》だったんだ？　いや、もしかして、ゆ、ゆ、幽霊《ゆうれい》？　えっー？　ま、いいか。楽《たの》しかったしな。それにしても、なんだよ、きのうより雨《あめ》がひどいよ。今日《きょう》も足《あし》どめか」

ちっ、と頭《あたま》をふりながら荷物《にもつ》の整理《せいり》をしてすごした。夕方《ゆうがた》にはそれも終《お》わり、またのみはじめた。そして、またじいさんがきた。

「よかった、また会《あ》えて。ほら一杯《ぱい》どうだい」

昨夜《さくや》のように男《おとこ》はのんでしゃべって、じいさんはのんでしずかに笑《わら》った。

しばらくすると雨《あめ》がやみ、山《やま》むこうの空《そら》に星《ほし》が瞬《また》いているのが見《み》えた。

「あしたはだいじょうぶだ。山《やま》をおりるよ。ふもとの村《むら》で商売《しょうばい》したら家《いえ》に帰《かえ》るんだ。おれの村《むら》は南《みなみ》にしばらくおりたところでさ、チビがおれを見《み》つけて、父《とう》ちゃん、ってとんでくるんだ」

男《おとこ》が自分《じぶん》の村《むら》の話《はなし》をしたとき、じいさんの目《め》が光《ひか》った。やがて口《くち》をひらいた。

「ごちそうになったな。ありがとう。わしは、えー、じつは、わしはこの世《よ》のものではない」

「やっぱり！　そうじゃないかと思《おも》ってた」

「えっ……。しっていて酒《さけ》にさそってくれたのかい？　こわくはないかい？」

「そりゃ、そうかなって思《おも》ったときはこわかったよ。ゾッとした。でも、それよりいっしょにのんで、話聞《はなしき》いてくれて、こっちこそありがとよ」

「お前《まえ》さん、いいやつだなぁ。そんなお前《まえ》さんにひとつたのみがある。わしの住《す》んでいた村《むら》は、お前《まえ》さんの村《むら》のとなりだ。わしもかってはこの山《やま》に商売《しょうばい》でかよっていた。ところがある日《ひ》、深酒《ふかざけ》がすぎてここで死《し》んじまった。わしの亡《な》きがらは、ほら、あの大《おお》きな木《き》の下《した》にある。三年前《ねんまえ》の

ことだ。わしの家族《かぞく》はさぞ心配《しんぱい》し、生活《せいかつ》にこまってることだろうよ。わしの家《いえ》の裏《うら》には大《おお》きな竹《たけ》やぶがあってな。じつはそこにいままでためた銀子《ぎんす》を瓶《かめ》に入《い》れてうめてあるのだ。それを家族《かぞく》につたえてほしい。そしていつかわしの亡《な》きがらをほりだし、墓《はか》を作《つく》ってほしい、とな。それからわしの家《いえ》の床下《ゆかした》にはそれはうまい白酒《バイジュ》がある。お礼《れい》としてお前《まえ》さんにおくろう。だが、よいか。どうかくれぐれも深酒《ふかざけ》はしないようにな。家族《かぞく》を泣《な》かせるな。ほどほどに、だぞ」

男《おとこ》は仕事《しごと》を終《お》え、ひさしぶりのわが家《や》に帰《かえ》った。その足《あし》でとなり村《むら》にむかい、竹《たけ》やぶのある家《いえ》をさがしだした。そこの婦人《ふじん》にご主人《しゅじん》のことを聞《き》くと、やはりあのじいさんの家《いえ》だった。そこでじいさんの言葉《ことば》をつたえた。おどろいた家族《かぞく》が竹《たけ》やぶをほると、たしかに銀子《ぎんす》のぎっしりつまった瓶《かめ》が出《で》てきた。よろこんだ家族《かぞく》がお礼《れい》に、と銀子《ぎんす》をすこしわたしてくれたが、男《おとこ》はそれをことわり、床下《ゆかした》から見《み》つけた白酒《バイジュ》をもらった。

そしてその酒《さけ》の瓶《かめ》を見《み》るたびに、じいさんの声《こえ》を思《おも》いだすのだった。

「深酒《ふかざけ》はするな。ほどほどに、だぞ」

休《やす》み時間《じかん》

林《りん》間《かん》学《がっ》校《こう》

2日《か》目《め》
明《あ》け方《がた》

キャンプファイヤー

パチ…
アチチ……
コラッ！
あぶないっ！
もう少《すこ》し
さがろう
お…あつい…
ほえ〜
へへ……
キャハハ…
頭《あたま》のお皿《さら》が
かわく…！
きれい〜

6時間目《じかんめ》

化《ば》けているのは……

※三人《にん》いるよ

切《き》り株《かぶ》に注射《ちゅうしゃ》

久保華誉《くぼかよ》

すこしむかしの、昭和《しょうわ》のはじめのこと。岸川先生《きしかわせんせい》というお医者《いしゃ》さんがいたんだよ。

むかしは、医者《いしゃ》にみてもらうのはとてもお金《かね》がかかることだった。だから貧乏人《びんぼうにん》は、病気《びょうき》になってもそうそう医者《いしゃ》にみてもらえない。でも岸《きし》川先生《かわせんせい》は、そんなこまっている人《ひと》には、

「お金《かね》はいりませんよ。そんなことは心配《しんぱい》しないで、まずは元気《げんき》になり

なさい」
といってお金《かね》をとらなかった。

そんな徳《とく》のある人《ひと》だから、みんな、岸川《きしかわ》様《さま》って、「様《さま》」をつけてよんでいた。

お金《かね》をはらえなかった人《ひと》も、野菜《やさい》がとれれば、
「岸川様《きしかわさま》、いいのがとれたから食《た》べてください」
って、季節《きせつ》ごとにもっていったものだった。

人《ひと》にたのまれるといやっていえない人《ひと》だっ

たから、

「岸川様《きしかわさま》、おねがいします。きてください」

といわれれば、どんな遠《とお》くでも診察《しんさつ》に出《で》かけていった。たとえ夜中《よなか》でも、提灯《ちょうちん》つけて自転車《じてんしゃ》にのって。

よその村《むら》へ行《い》くときには裏《うら》の山《やま》をこえていかなければならない。ところがこの山《やま》にはキツネがたくさんいたんだ。

夜《よる》になると、コンコン、コンコンとキツネたちのなく声《こえ》が聞《き》こえてくる。秋《あき》の夜長《よなが》や雨《あめ》あがりには、だれもいないはずの山《やま》に、ぽかぽかぽかーっとあかりが見《み》えるときもあった。それがたくさんともって見《み》える。それをキツネの嫁《よめ》とりっていうんだよ。キツネが嫁入《よめい》り行列《ぎょうれつ》を作《つく》って歩《ある》

いているって。
そんな山《やま》をこえて、岸川先生《きしかわせんせい》は診察《しんさつ》に出《で》かけることも多《おお》かった。
ある日《ひ》の昼《ひる》さがり、岸川先生《きしかわせんせい》がほかの村《むら》の急病人《きゅうびょうにん》を診察《しんさつ》して帰《かえ》るときだった。山《やま》に入《はい》っていくと、むこうのほうから男《おとこ》がやってくるのに行《い》きあった。見《み》しらぬ男《おとこ》だ。いそぎ足《あし》だった男《おとこ》は、岸川先生《きしかわせんせい》を見《み》るとあわてて、
「岸川様《きしかわさま》、子《こ》どものようすがおかしいのです。みていただけませんか。どうぞおねがいいた

します」

とたのんできたって。やさしい岸川先生《きしかわせんせい》は、すぐに男《おとこ》についていった。すこし歩《ある》くと、新《あたら》しい道《みち》ができているんだって。こんなところにきれいな道《みち》があったかなと考《かんが》えているうちに、気《き》がついたら、どんどん山奥《やまおく》に入《はい》っているようだ。

そのうちに、日《ひ》もくれてきた。すると、家《いえ》のあかりが見《み》えてきて、やっと男《おとこ》の家《いえ》にたどりついた。こんなところに家《いえ》があったかなと思《おも》いながら、部屋《へや》にとおされると、母親《ははおや》が、心配《しんぱい》そうに子《こ》どもの汗《あせ》をふいている。子《こ》どもの額《ひたい》に手《て》をあててみると高《たか》い熱《ねつ》だ。これはいけないと、先生《せんせい》が、

「おしりに注射《ちゅうしゃ》をしましょう」

と注射《ちゅうしゃ》の準備《じゅんび》をはじめた。子《こ》どもは、

「いやだよ、いやだ！」

とぐずりはじめる。岸川先生《きしかわせんせい》もあわてて、

「だいじょうぶだよ。がまん、がまん。注射《ちゅうしゃ》をすると熱《ねつ》がさがるからね」

と子《こ》どもに注射《ちゅうしゃ》を打《う》ったときだった。

「岸川様《きしかわさま》、岸川様《きしかわさま》、どうしたんですか」

と声《こえ》をかける人《ひと》がいる。ふりかえると岸川先生《きしかわせんせい》もよくしっている村《むら》の男《おとこ》が立《た》っていた。

岸川先生《きしかわせんせい》は、おどろきながら、

「どうしたもこうしたも」

と話《はな》しかけて、はっとわれにかえった。すると子《こ》どもではなくて、なんと松《まつ》の木《き》の切《き》り株《かぶ》に注射《ちゅうしゃ》をしていたって。それにもう夕《ゆう》ぐれだと思《おも》って

いたのに、まだ真《ま》っ昼間《ぴるま》で、太陽《たいよう》がまぶしくてっている。

村《むら》の男《おとこ》は、山《やま》へ仕事《しごと》をしにきていたのだったが、

「あれ、あんなところで岸川様《きしかわさま》がおなじところをぐるぐるまわっている。おかしいな」

と見《み》ていたって。その上《うえ》、岸川先生《きしかわせんせい》がしゃがみこんだと思《おも》ったら、切《き》り株《かぶ》に注射《ちゅうしゃ》を打《う》っているではないか。それで、びっくりして岸川先生《きしかわせんせい》に声《こえ》をかけたんだそうだ。

ウンタースベルクの贈《おく》り物《もの》

杉本栄子《すぎもとえいこ》

オーストリアのザルツブルグと南《みなみ》ドイツのさかいには、ウンタースベルクという山《やま》がある。人《ひと》びとは魔《ま》ものがあばれまわる山《やま》とおそれていたが、奇跡《きせき》の山《やま》ともよんでいた。そこには亡《な》き皇帝《こうてい》がねむっていて、この世《よ》の終《お》わりがくるときには、人《ひと》びとをすくってくれるという話《はなし》がつたえられている。

むかし、ある夏《なつ》の夕《ゆう》ぐれに、四人《にん》のわかものが山《やま》のふもとまでやってきた。四人《にん》は町《まち》や村《むら》をまわって、楽器《がっき》を演奏《えんそう》する音楽士《おんがくし》だった。

とつぜん、一番年上《いちばんとしうえ》のカスパルがウンタースベルクを見《み》あげて、さけんだ。

「おい、みんな、あの山《やま》には皇帝《こうてい》がねむっているというじゃあないか！　今夜《こんや》は皇帝《こうてい》の前《まえ》でひとかせぎしようぜ。セレナーデを演奏《えんそう》するっていうのはどうだい！」

一番《いちばん》わかいゲオルグが、あわてていった。

「よせよ。皇帝《こうてい》が目《め》をさましたら、どうするんだい」

あとのふたり、マルヒルとバルタザルは、ゲオルグの言葉《ことば》をむしして、カスパルに賛成《さんせい》した。

「いやぁ、そいつはいいぞ！　あそこにはすごい宝物《たからもの》があるっていうし」

「そうさ、お礼《れい》がたっぷりもらえるぞ」

ゲオルグは必死《ひっし》になって反対《はんたい》した。

「そんなふざけたことをいって、皇帝《こうてい》をおこらせたら、生《い》きて帰《かえ》れないよ。それにあの山《やま》には魔《ま》ものもいるっていうし」

「四人《にん》いればこわがることないさ。それにみんなで行《い》かなきゃあ、四重奏《じゅうそう》にならないよ」

三人《にん》はいやがるゲオルグをひっぱるように

して山《やま》にのぼった。しばらく行《い》くと、月《つき》が出《で》て山《やま》の頂《いただき》に光《ひかり》があたった。四人《にん》は立《た》ちどまり、演奏《えんそう》をはじめた。ゲオルグも自分《じぶん》の楽器《がっき》を手《て》にすると不安《ふあん》がきえて、いつものようにおちついて演奏《えんそう》することができた。そこにやぶの中《なか》から、わかいきれいな女性《じょせい》があらわれた。

「わたしは皇帝《こうてい》の娘《むすめ》です。今夜《こんや》は皇帝《こうてい》のために演奏《えんそう》してください。さあ、わたしについてきなさい」

そういうと、娘《むすめ》はずんずんと山《やま》の奥《おく》に入《はい》っていった。しばらく行《い》くと、いままでのゴツゴツした山道《やまみち》とはちがい、歩《ある》きやすいきれいな道《みち》が、りっぱな宮殿《きゅうでん》までつづいていた。

ごうかな広間《ひろま》の真《ま》ん中《なか》に金《きん》の王座《おうざ》があり、そこには年《とし》おいた皇帝《こうてい》がほ

おづえをついて大理石《だいりせき》のテーブルの前《まえ》にすわってうとうとしていた。そのまわりにはきらびやかな衣装《いしょう》を着《き》た家来《けらい》や美《うつく》しい女性《じょせい》たち、いさましい兵士《へいし》や小人《こびと》たちがたくさんいた。

「おい、あれがうわさの赤《あか》ひげ皇帝《こうてい》か」

「わっ！　赤《あか》いひげがテーブルを二周《しゅう》もしている！」

おどろいている四人《にん》に娘《むすめ》が合図《あいず》をした。そこで四人《にん》はドキドキしながら演奏《えんそう》をはじめた。皇帝《こうてい》が目《め》をあけて、満足《まんぞく》げにうなずいたので、四人《にん》はほっとして、つぎつぎと楽《たの》しい曲《きょく》を演奏《えんそう》した。

部屋《へや》の中《なか》は、ろうそくのあかりで、金《きん》、銀《ぎん》、宝石《ほうせき》が、ゆらゆらと光《ひかり》をはなっていた。しばらくすると、四人《にん》は食事《しょくじ》の席《せき》に案内《あんない》された。テーブルにはごうかな食《た》べものやいままでのんだことのない上等《じょうとう》なワインがならんでいて、小人《こびと》たちが世話《せわ》をしてくれた。食《た》べおわると、娘《むすめ》の合図《あいず》で、四人《にん》はふたたび演奏《えんそう》をつづけた。夜《よる》もあけるころになって、皇帝《こうてい》がねむりはじめたので、四人《にん》は小人《こびと》に案内《あんない》されて宮殿《きゅうでん》を出《で》た。

「こりゃあ、たっぷりお礼《れい》がもらえるぞ」

「おい、おれたち、一夜《いちや》にして金持《かねも》ちだぞ」

カスパル、マルヒル、バルタザルの三人《にん》は、手《て》にするお礼《れい》のことを考《かんが》えて、上機嫌《じょうきげん》だった。ゲオルグはすばらしい経験《けいけん》をしたことに感激《かんげき》して、お礼《れい》のことなど頭《あたま》になかった。

昨夜《さくや》皇帝《こうてい》の娘《むすめ》に会《あ》ったやぶのところまでくると、小人《こびと》は四人《にん》の手《て》に緑《みどり》の小枝《こえだ》を一本《ぽん》ずつわたして、なにもいわずにきえた。

「なんだ、この小枝《こえだ》は？」

「これがお礼《れい》か!?　皇帝《こうてい》も娘《むすめ》もあきれたケチだな」

「こんなもの、なんの役《やく》にも立《た》ちゃあしない。あああ、ひと晩中《ばんじゅう》ただばたらきか」

三人《にん》はもんくをいいたいだけいうと、小枝《こえだ》

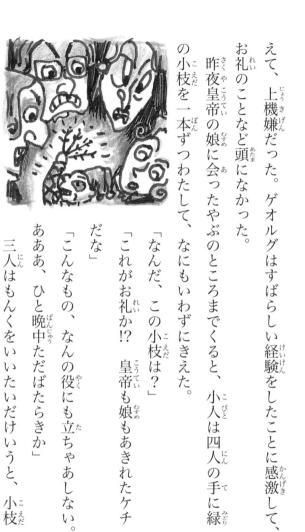

を投《な》げすててしまった。ゲオルグだけは、昨夜《さくや》の思《おも》い出《で》にしようと、大《たい》切《せつ》に小枝《こえだ》をにぎりしめて、山《やま》をおりた。

ゲオルグは家《いえ》に帰《かえ》ると、妻《つま》に小枝《こえだ》をプレゼントして、ウンタースベルクでのできごとを話《はな》して聞《き》かせた。話《はなし》をしているうちに、小枝《こえだ》は妻《つま》の両《りょう》手《て》にのりきらないほど大《おお》きくなった。そして、葉《は》っぱは黄金《おうごん》に、枝《えだ》は銀《ぎん》にかわった。

「これはウンタースベルクの贈《おく》り物《もの》だ」

わかい夫婦《ふうふ》は、おどろきとよろこびでいっぱいになり、奇跡《きせき》の山《やま》に感《かん》謝《しゃ》した。

それをしった三人《にん》はくやしがったが、もうどうすることもできない。

それどころか、ウンタースベルクの贈《おく》り物《もの》をむししたことで、おそろしい罰《ばつ》がくだされるのではないか、とふるえながらくらくらした。

閉《へい》校《こう》式《しき》
楽《たの》しかったね!!
ねむれた?
ぼくはつかれたよ~
ねる時間《じかん》に遊《あそ》びすぎだろ~

二泊三日《はくみっか》の林間学校《りんかんがっこう》も、そろそろ終《お》わりに近《ちか》づきました。

あとは閉校式《へいこうしき》をのこすばかりです。

みんなそれぞれ荷物《にもつ》をもって、オウマガ山荘《さんそう》の前《まえ》に集合《しゅうごう》しました。

最初《さいしょ》に生活指導《せいかつしどう》の鬼丸金棒先生《おにまるかなぼうせんせい》のお話《はなし》です。

「今年《ことし》の林間学校《りんかんがっこう》も事故《じこ》なくぶじ終《お》えることができました。これも関係《かんけい》のみなさまの協力《きょうりょく》のおかげです。生徒《せいと》の諸君《しょくん》はふだんではできないような体験《たいけん》がいろいろあったと思《おも》う。では、班《はん》ごとに感想《かんそう》や報告《ほうこく》をしてもらいましょう」

1班《ぱん》の天狗《てんぐ》くんが話《はな》しはじめました。

「きもだめしがやはりこわかったです。だれもいないお寺《てら》から、火《ひ》のつ

いたロウソクをけさないようにもってくるのはたいへんでした。火《ひ》もこわかったですが、とちゅう、先生《せんせい》たちがばけたこわーい人間《にんげん》たちがあらわれて、泣《な》きだす子《こ》やおもらしする子《こ》もいました」

ドラゴンのドラオがうつむくと、魔女《まじょ》のまじょ子《こ》がすぐにドラオによりそいました。

「ぼくらは七ケ岳《ななかだけ》のぼりについて報告《ほうこく》します。こんな本格的《ほんかくてき》な山《やま》はみんなはじめてでした。のぼりはじめはまだうすぐらかったのですが、だんだんまっくらになり、月《つき》あかりがたよりでした。ニャ

ソ子《こ》やポン太《た》の目《め》が光《ひか》って、火《ひ》の玉《たま》ふらりたちがふわふわ空《そら》をとび、それもこわかった。だんだん気温《きおん》がさがってきて、やはり山《やま》は油断大敵《ゆだんたいてき》だと思《おも》いました」

と2班《はん》を代表《だいひょう》して、ぬらりひょんが報告《ほうこく》しました。

「3班《はん》はキャンプファイヤーの報告《ほうこく》です。わたしたち妖怪《ようかい》はほんとうはみんな火《ひ》がにがてなのに、きたえなければいけないということで、薪《まき》をつみあげ大《おお》きな火《ひ》をたきました。たしかにはじめは大《おお》きな火《ひ》がこわかったのですが、だんだんになれてきました。いい経験《けいけん》になりました」

とキツネのコン吉《きち》がいいました。

すると今度《こんど》は笑《わら》い女《おんな》のケタ子《こ》が話《はな》しはじめました。

「最後《さいご》に火《ひ》をかこんでフォークダンスをしましたが、幽麗華《ゆうれいか》ちゃんとくみたがってけんかになったのは、ほんとに見《み》ぐるしかった！　でもー」

とさらに大声《おおごえ》になって、

「麗華《れいか》ちゃんとずっと手《て》をつないでいただれかさんは、かるい凍傷《とうしょう》になってしまったわ！」

とケタ子《こ》はケタケタ笑《わら》いながらつけくわえました。

最後《さいご》に４班《はん》の番《ばん》です。

「最終日《さいしゅうび》の今日《きょう》は、雲ケ峰湿原《くもがみねしつげん》を歩《ある》きました。その名《な》のとおり、この湿原《しつげん》はいつも雲《くも》が出《で》てしめっていて、とても快適《かいてき》でした」

と河童《かっぱ》の一平《いっぺい》がいうと、

「あら、じめじめして足《あし》がよごれるし、わたしはいやだった」

と猫又《ねこまた》ニャン子《こ》。

「最後《さいご》にいいですか。おれはなんといっても山荘《さんそう》でのまくら投《な》げやかくれんぼが楽《たの》しかったな～」

と牛鬼《うしおに》のウシオがいいました。

夜《よ》あけ前《まえ》にオウマガドキ学園《がくえん》につかなければならないので、妖怪《ようかい》バスは真夜中《まよなか》の午前《ごぜん》〇時《じ》ぴったりに、オウマガ山荘《さんそう》を出発《しゅっぱつ》しました。

親《おや》もとをはなれた生徒《せいと》たちを、お世話《せわ》してくれた山荘《さんそう》の管理人《かんりにん》の初代《しょだい》校長《こうちょう》の天狗《てんぐ》夫妻《ふさい》が、ちぎれんばかりに手《て》をふって妖怪《ようかい》バスを見《み》おくってくれました。

行《い》きのバスでは歌《うた》ったり、クイズをしたりと大《おお》もりあがりでしたが、帰《かえ》りはさすがにつかれたのでしょう、バスが出発《しゅっぱつ》するとまもなく、みんなうとうとしはじめました。

「さあ、みんなそろそろつくよ！」

九尾《きゅうび》の狐丸《きつねまる》先生《せんせい》の声《こえ》におこされてまどの外《そと》をのぞくと、もうオウマガドキ学園《がくえん》の校舎《こうしゃ》が見《み》えていました。おむかえの家族《かぞく》のかたがたもあつまっているようです。

解説《かいせつ》

岩倉千春《いわくらちはる》

こんばんは。今夜《こんや》の授業《じゅぎょう》はいかがでしたか。今夜《こんや》は山《やま》にまつわる話《はなし》です。山《やま》では、山頂《さんちょう》からのながめはもちろん、森《もり》や谷《たに》などさまざまな自然《しぜん》の風景《ふうけい》を楽《たの》しむことができますが、その一方《いっぽう》で、雪崩《なだれ》やがけくずれなどの危険《きけん》もあります。人《ひと》の行《い》きのすくない山奥《やまおく》のようすなど、よくわからないこともすくなくありません。そんな山《やま》にかんするふしぎな話《はなし》やこわい話《はなし》をとりあげました。

オウマガドキ学園《がくえん》の生徒《せいと》たちは二泊三日《はくみっか》の林間学校《りんかんがっこう》に出《で》かけました。**「開校式《かいこうしき》」**では、鬼丸金棒先生《おにまるかなぼうせんせい》がこれからの予定《よてい》を話《はな》します。きもだめしに登山《とざん》にキャンプファイヤー、それに湿原散策《しつげんさんさく》ともりだくさんのスケジュール。もうすぐはじまるきもだめしに、みんなの期待《きたい》も高《たか》まります。

1時間目《じかんめ》の**「山小屋《やまごや》の夜《よる》」**ではおじさんといっしょに山《やま》のぼりに出《で》かけた友紀《ともき》が、帰《かえ》りに道《みち》にまよい、雨《あめ》もふってきたため小屋《こや》でひと晩《ばん》をすごします。はげしい風《かぜ》にまじって聞《き》こえたのは、助《たす》けをもとめる登山者《とざんしゃ》の声《こえ》ではなく、遭難《そうなん》して亡《な》くなった人《ひと》の霊《れい》の声《こえ》でした。**「けち火《び》」**は、飛脚《ひきゃく》の亡霊《ぼうれい》です。人《ひと》どおりがすくない山道《やまみち》では、泥棒《どろぼう》や強盗《ごうとう》などに出会《であ》う危険《きけん》もありました。山道《やまみち》で殿様《とのさま》の大事《だいじ》な手紙《てがみ》をぬすまれた飛脚《ひきゃく》は、おなじ場所《ばしょ》でずっと手紙《てがみ》をさがしつづけています。法経堂《ほうきょうどう》は高知市内《こうちしない》にあったといわれ、地元《じもと》ではよくしられた話《はなし》です。

休《やす》み時間《じかん》では、妖怪《ようかい》たちのゆかいな**「林間学校《りんかんがっこう》」**のようすを紹介《しょうかい》しています。

2時間目《じかんめ》の**「山《やま》のこびとドゥアガー」**はイギリスの話《はなし》です。道《みち》にまよったわかものが見《み》つけた羊飼《ひつじか》いの小屋《こや》は、こびとドゥアガーが見《み》せた幻《まぼろし》でした。夜歩《よるある》く人《ひと》をまよわせたり、危険《きけん》な目《め》にあわせたりするこびとや妖精《ようせい》の話《はなし》はイギリスの各地《かくち》にあります。

「ふしぎな箱《はこ》」では、旅好《たびず》きの男《おとこ》が山間《さんかん》にある大《おお》きなやしきを見《み》つけます。たったひとりでくらし、小《ち》さな箱《はこ》から使用人《しようにん》を出《だ》して「これは魔法《まほう》です」というふしぎな女《おんな》。男《おとこ》はとてもしんじられないと思《おも》いますが、殺《ころ》されてはたまらないと、しんじたふりをして、ぶじに帰《かえ》ることができました。

3時間目《じかんめ》の**「なぞの怪人《かいじん》バサハウン」**は、スペインのバスク地方《ちほう》の話《はなし》です。バサハウンだけがもっているのこぎりを作《つく》りたいと思《おも》った親方《おやかた》が、バサハウンをうまくだまして作《つく》り方《かた》を聞《き》きだします。バサハウンはのこぎりをつかえなくしようとしますが、結局《けっきょく》は前《まえ》よりきれ味《あじ》のいいのこぎりになりました。意地悪《いじわる》をしようと思《おも》ったのに、役《やく》に立《た》つことをしてしまったとしったら、バサハウンはくやしがったかもしれませんね。

「山《やま》の精《せい》リューベツァール」は、山《やま》をとおる旅人《たびびと》にちょっといたずらをしたつもりが、思《おも》いがけず大損害《だいそんがい》をあたえてしまったことに気《き》づいて、嘆《なげ》く旅人《たびびと》を助《たす》けてくれます。こうしたふしぎな存在《そんざい》が、おそろしいだけではなく、こまった人《ひと》を助《たす》けてくれる一面《いちめん》も持《も》っていることがよくわかる話《はなし》です。

4時間目《じかんめ》の**「谷地坊主《やちぼうず》」**は、沼地《ぬまち》の話《はなし》です。谷地坊主《やちぼうず》は日本《にほん》では北海道《ほっかいどう》の湿地《しっち》などで見《み》られます。シベリアでは、沼地《ぬまち》にならんでいる谷地坊主《やちぼうず》をふんでいかないとおれないような場所《ばしょ》もあるそうです。そんな谷地坊主《やちぼうず》が沼《ぬま》から出《で》て歩《ある》きだすというのですから、なんともぶきみです。でも、おわんにお尻《しり》をむけて屁《へ》をひったら、いきおいでおわんがわれたというのは、おかしくてつい笑《わら》ってしまいますね。笑《わら》い声《ごえ》で気《き》づかれた妹《いもうと》は沼《ぬま》につれさられますが、父親《ちちおや》に助《たす》けられます。沼《ぬま》にならぶ谷地坊主《やちぼうず》のうちには、こうして沼《ぬま》にしずめられた人間《にんげん》もまじっているのかもしれません。**「山《やま》が動《うご》いた」**はポルトガルの話《はなし》です。山脈《さんみゃく》の中《なか》のひとつの山《やま》が四十キロも動《うご》いてきたというい いつたえです。修道院長《しゅうどういんちょう》テレーザと修道女《しゅうどうじょ》たちの祈《いの》りがとどき、山《やま》は修道院《しゅうどういん》と町《まち》の手《て》前《まえ》でとまりました。どうして山《やま》が動《うご》いてきたのかわかりませんが、実際《じっさい》の地震《じしん》や山くずれの経験《けいけん》が話《はなし》の背景《はいけい》にあるのでしょう。

給食《きゅうしょく》の時間《じかん》の**「一番《いちばん》こわいのは」**では、ものしりのじいさまが、ふしぎな音《おと》の正体《しょうたい》を見《み》きわめようとします。鍋底《なべぞこ》のすみをぬって顔《かお》を黒《くろ》くするのは、変装《へんそう》して顔《かお》をかくすだけでなく、人間《にんげん》ではないものになるという意味《いみ》もあります。化《ば》け物《もの》たちはいっしょにおどっているじいさまが、「人間《にんげん》の化《ば》け物《もの》」だと聞《き》くととてもこわがります。たがいになにがこわいかを聞《き》きだすと、きのこの化《ば》け物《もの》は「ナスをつけた塩水《しおみず》」がにがてだといいます。地域《ちいき》によっては、「ナスといっしょに食《た》べると、きのこの毒《どく》にあたらない」といういいつたえがありましたが、それとなにか関連《かんれん》があるのかもしれません。でも実際《じっさい》は、ナスといっしょに食《た》べてもきのこの毒《どく》がなくなることはありません。

5時間目《じかんめ》の**「池《いけ》の平《だいら》のふしぎ」**は静岡県《しずおかけん》の伝説《でんせつ》です。侍《さむらい》が領地《りょうち》や城《しろ》をとりあって戦《たたか》っていた時代《じだい》の悲《かな》しい物語《ものがたり》です。攻撃《こうげき》をうけて全滅《ぜんめつ》した城《しろ》の奥方《おくがた》のおくわさまが、ふたりのおさない子《こ》どもをつれ、追《お》っ手《て》からのがれようと山《やま》に入《はい》ります。ふたりをつれてはにげられないと、つらい思《おも》いで赤《あか》ん坊《ぼう》を手放《てばな》してまで必死《ひっし》ににげまどいますが、ついには見《み》つかってしまいます。むきをかえるお地蔵《じぞう》さまや、七年《ねん》ごとにあらわれる池《いけ》には、そんな無念《むねん》の思《おも》いがこもっているのでしょう。**「類《るい》は友《とも》を」**は中国《ちゅうごく》の話《はなし》です。

行商人《ぎょうしょうにん》が山道《やまみち》のお堂《どう》で酒《さけ》をのみながら雨《あま》やどりをしていると、じいさんがあらわれます。商人《しょうにん》はじいさんに酒《さけ》をごちそうして陽気《ようき》におしゃべりをしますが、じいさんはだまって話《はなし》を聞《き》きながらしずかにのんでいます。翌日《よくじつ》もやってきたじいさんは、自分《じぶん》はじつは幽霊《ゆうれい》だとあかします。酒《さけ》をのみすぎてここで死《し》んだのだと話《はな》し、家《いえ》の裏《うら》にお金《かね》をうめてあるのを家族《かぞく》につたえてほしいとたのみます。そして、酒好《さけず》きの商人《しょうにん》には、

「深酒《ふかざけ》はするな、ほどほどに」といって、おいしい酒《さけ》をゆずります。

6時間目《じかんめ》の**「切《き》り株《かぶ》に注射《ちゅうしゃ》」**は、新潟県《にいがたけん》につたわる話《はなし》です。野山《のやま》を歩《ある》く人《ひと》がキツネに化《ば》かされたという話《はなし》は各地《かくち》にありますが、医者《いしゃ》が切《き》り株《かぶ》に注射《ちゅうしゃ》をしていたというのがおもしろいですね。地元《じもと》ではとてもしたわれていたお医者《いしゃ》さんで、キツネに化《ば》かされた話《はなし》も「あの先生《せんせい》が」と、親《した》しみをこめて語《かた》られていたそうです。**「ウンタースベルクの贈《おく》り物《もの》」**は四人《にん》の音楽士《おんがくし》が山《やま》の中《なか》でねむる皇帝《こうてい》のために演奏《えんそう》するという話《はなし》です。ゆうめいな皇帝《こうてい》や伝説《でんせつ》の英雄《えいゆう》が、何百年《なんびゃくねん》も山《やま》の中《なか》や洞窟《どうくつ》でねむっていて、一大事《いちだいじ》があったときには目《め》ざめて助《たす》けにきてくれる、といういいつたえがあり、この話《はなし》もそうしたいいつたえと関連《かんれん》しています。一見《いっけん》つまらないものに見《み》えるお礼《れい》の品《しな》が、じつは宝《たから》物《もの》だったというのは、妖精《ようせい》やこびとのお礼《れい》にもよくある話《はなし》です。

オウマガドキ学園《がくえん》の林間学校《りんかんがっこう》も終《お》わりに近《ちか》づきました。**「閉校式《へいこうしき》」**では、班《はん》ごとに報告《ほうこく》と感想《かんそう》を話《はな》しました。ちょっとこわかったこともあったけれど、楽《たの》しい二泊三日《はくみっか》をすごしたようです。今日《きょう》はゆっくり休《やす》んで、あしたもまた元気《げんき》に登校《とうこう》しましょう。

怪談オウマガドキ学園編集委員会

常光　徹（責任編集）　岩倉千春
高津美保子　米屋陽一

協力

日本民話の会

怪談オウマガドキ学園
20 妖怪たちの林間学校

2016年10月15日　第1刷発行
2018年10月15日　第3刷発行

怪談オウマガドキ学園編集委員会・責任編集 ■ 常光 徹
絵・デザイン ■ 村田桃香（京田クリエーション）
絵 ■ かとうくみこ　山﨑克己
写真 ■ 岡倉禎志
撮影協力 ■ 東京都檜原村数馬分校記念館

発行所　株式会社童心社
〒112-0011 東京都文京区千石4-6-6
03-5976-4181（代表）　03-5976-4402（編集）
印刷　株式会社光陽メディア
製本　株式会社難波製本

Published by DOSHINSHA　Printed in Japan
ISBN978-4-494-01728-7　NDC913　159p　17.9×12.9cm
https://www.doshinsha.co.jp/

オウマガドキ学園《がくえん》 4コマ劇場《げきじょう》

みかん

やったのはだれ？！